Saki Ichibu
ill. 藤村
Yukaco Fuj
2
無能才女は悪女になりたい
～義妹の身代わりで嫁いだ令嬢、
公爵様の溺愛に気づかない～

「あっ……あれは！」

「海だな」

「初めて見ました！　本当に碧いのですね……！」

「そんなに珍しいか。
エイヴリルはこの旅行自体、随分楽しそうだな」

「大好きなディラン様が大切にしている
街や人にお会いすることがすごく楽しみでしたから。
私も……まだまだ届きませんが、
気持ちだけは同じように大切にしたいです」

「その言葉だけで十分だ」

馬車から降りようとしたエイヴリルの視界に飛び込んできたのは、
豪華絢爛な仮面舞踏会の会場だった。
ついうっかり見とれていると、ディランは手を差し出してくる。
「――エイヴリル、行こう」

無能才女は悪女になりたい

～義妹の身代わりで嫁いだ令嬢、公爵様の溺愛に気づかない～

2

一分咲
Saki Ichibu

ill.藤村ゆかこ
Yukako Fujimura

contents

プロローグ

　エイヴリルの実家であるアリンガム伯爵家が無事に没落し、エイヴリルの使用人仲間たちはランチェスター公爵家に移り、王都のタウンハウスがさらに賑《にぎ》やかになったある日の午後。

　ランチェスター公爵家の陽だまりに包まれたサロンには来客が二人。

　王太子ローレンス・ギーソンとその婚約者であるリンドバーグ伯爵家のアレクサンドラだ。

　二人の向かいにはディランが座り、後ろにはディランの側近クリスが控えている。

　一同は談笑しているようだ。

　それを、エイヴリルはサロンへと続く扉の隙間から見守っていた。

　どうしてあの楽しそうなお茶会の仲間に入れてもらえないのかというと、ディランに「いいというまで別室で待っていてくれ」と言われてしまったからである。

（皆様、何をお話ししているのでしょうか。こうして覗《のぞ》くのはお行儀が悪いとわかってはいますが、気になります……）

　元々、このお茶の席にはエイヴリルも同席する予定だった。

　それなのに、ローレンスから用件を聞いた途端にディランの表情は険しくなり、エイヴリルはこうして締め出されてしまったのだった。

しょんぼりしながら隙間へと目を凝らすエイヴリルに、メイドのグレイスが後ろから話しかけてくる。

「エイヴリル様、そろそろ諦めてはいかがですか。向こうのお部屋にパサパサの硬いパンで作ったサンドイッチをご用意しています」

「……まぁ。それ、私の大好物ですね」

「階段室に閉じ込められたわけでもないのに、隙間を覗いているエイヴリル様がかわいそうで。今なら、しなびたトマトもついております。お好きな食べ物を召し上がって元気を出してください」

「……グレイスはさすがですね！」

そこまでの気遣いをされてしまってはこの場を離れるしかないだろう。

パサパサの硬いパンで作ったサンドイッチへの思いを胸に後ろを振り向き、感嘆の声をあげたところで。

背後で、ついさっきまで覗き込んでいた隙間が大きくなった気配がした。

「――エイヴリル嬢、君に話がある」

さっきまであんなに狭くて見えなかったのに、どうして今隙間が大きくなるのか。

ほんの少しだけ不満を覚えたエイヴリルの前では、ローレンスがニコニコと微笑《ほほえ》んでいた。

柔らかく人好きのする笑みだが、相手に有無を言わせない威圧感がある。

その向こうではディランが不服そうに――そしてこの上なく心配そうに、こちらを見ていた。

しかし心配そうなのはディランだけである。アレクサンドラは妖艶に微笑み、クリスは明らかに好奇心を抑えきれていない。

（きっと、私に聞かせたくない内容のお話が終わったのですね。そしてディラン様が望まない方向で決着してしまった、と。一体、何のお話なのでしょうか？）

首を傾《かし》げつつ、エイヴリルは席へつくことにしたのだった。

その答えはすぐにわかることになる。


「エイヴリル、私と一緒に仮面舞踏会へ出席してほしい」

「…………」

ディランからの、全く予想外すぎる場へのお誘いにエイヴリルの思考は停止した。

仮面舞踏会。それはエイヴリルの義妹コリンナが好んで遊びに行き、ついには身を破滅へと追い込んだ、大人の社交の場である。

（私が仮面舞踏会について知っていることといえば、コリンナがあられもない……いえ、セクシーなドレスで参加し、大抵朝まで戻らなかったということだけです）

エイヴリルに話があるのは王太子ローレンスのはずだったが、いざ席につくとディランが「自分で伝える」と言い出した。

ローレンスから子ども扱いされるディランを見るのはちょっと好きだ。

そんなほんわかした気持ちで会話を見守っていたところ、告げられたのがこの言葉である。

（ディラン様がローレンス様から直々にお仕事を頼まれることがあるというのは知っています。つ

まり、今度、ローレンス様は仮面舞踏会でのお仕事をお望みなのでしょう）

仮面舞踏会は一人では行けないと聞いたことがある。

コリンナが夜更けに窓や裏口から出ていくところを見たことがあるが、その先には大体エスコート役の男性が迎えに来ていた。

（きっと、お一人では参加できないから私を選ばれたのですね）

ディランが心配そうな顔をしていたのも納得である。しかし、自分に仮面舞踏会で期待されているような振る舞いができるのだろうか。

（いえ、そんなことを言ってはいられません。私はついこの前まで王都でも有名な悪女だったのですから、まずは快諾しましょう。狼狽《うろた》えているところをお見せするわけにはいきません……！）

一秒に満たない間にいろいろなことを考え少し不安になったものの、エイヴリルは決意して顔を上げた。

「かしこまりました。今回は私が仮面舞踏会をご案内して差し上げますわ。悪女ですので」

「いや、今回はそういうことではなくてまずは話を」

エイヴリルが前のめりに答えすぎたのか、ディランは明らかに困惑顔である。

そこへ、二人の会話をくつくつと笑いながら見守っていたローレンスが割って入った。

「ディラン……ランチェスター公爵に探ってきてほしい情報があるんだ。エイヴリル嬢には同行を頼みたい。なに、君にとってはそんなに難しいことではないさ」

「問題ありませんわ。完璧なご案内を」

（つまり、悪女として知られる私を同行させることでディラン様を会場に馴染《なじ》ませる狙いがあるのでしょうか。それならば納得です）

真剣に頷《うなず》くと、背後でクリスが噴き出す気配がした。エイヴリルがちらりとそちらを見ると、クリスはにっこりと笑ってくれた。

馬鹿にされているわけではないのはわかるが、まさに子どもを見るような目である。

彼とエイヴリルは年齢が二歳ほどしか変わらないのではなかったか。微妙な気持ちになったところで、そのやりとりを隣で見ていたディランが首を振った。

「……やはり心配だ。私一人で行く」

「大丈夫ですわ！　私はまもなく正式にランチェスター公爵夫人になります。それに、契約書にも『一、妻はランチェスター公爵家の品位を保つための活動に協力する』、とありましたもの。ぜひご一緒させてください」

「…………」

『公爵夫人』『妻』を強調し、つんと澄まして答えれば、ディランは瞬《まばた》き多めになり黙ってしまった。クリスからは「エイヴリル様はよくわかっていらっしゃる。さすが悪女ですね」という褒め言葉が聞こえたが、ちょっと意味がわからない。

何となく強引に話がまとまったところで、ずっと妖艶に微笑んでいたアレクサンドラが手にしていた扇子をぱちりと閉じた。

「ふふっ。王都の仮面舞踏会は、少し格式が高く毛色が違いましてよ。エイヴリル様ならきっと楽しめるはずです。ご一緒できないのが残念ですわ」

「エイヴリル嬢なら、きっとディランを完璧にサポートしてくれると期待しているよ」

「ありがたいお言葉、精一杯務めさせていただきます」

エイヴリルはローレンスの言葉ににっこりと微笑んだものの、アレクサンドラの含みのある言い方が少しだけ引っかかった。

(アレクサンドラ様の仰《おっしゃ》る『毛色が違う』とは何でしょうか……?)

そもそも、仮面舞踏会へ行ったことがないエイヴリルには普通の仮面舞踏会のことがわからない。コリンナが夜な夜な出かけていき、翌日には見知らぬ殿方に送られて帰ってくる場所だ。その、真ん中あたりの重要なところが抜けている。

けれど、ぱちぱちと目を瞬いているうちに、話題は別のことへと移ってしまったのだった。

第一章◆悪女と仮面舞踏会

それからの数週間、エイヴリルは仮面舞踏会への参加に備えることとなった。

一番大変だったのはダンスの練習である。

エイヴリルは伯爵家に生まれたものの、ふさわしい教育を受けさせてもらえなかった。

けれど、同情した義妹コリンナの家庭教師がこっそりいろいろなことを教えてくれたおかげで、令嬢としてのマナーや教養に苦労することはない。

しかしダンスだけはそういうわけにいかなかった。

「いいですか。ダンスがほぼ初めてということですが、手加減はいたしません。遊《あそ》び呆《ほう》けて身分にふさわしい教養を身につけてこなかったあなたの自業自得なのですから」

「はい！」

ディランに言いつけられ、クリスの手配でやってきたダンスの先生は上品な女性だった。

聞けば、エイヴリルと同じ年頃の子息がいるのだという。

神経質そうに見える形ばかりの笑みの向こうには、少しの侮蔑が覗いている。

どうやら世間の評判を信じエイヴリルを悪女だと勘違いしているらしかったが、別に問題はないのでそのままにしておくことにした。

（こんなふうにきちんとダンスを教えていただけるのは初めてですもの。仮面舞踏会でディラン様をエスコートできるよう、頑張ります……！）

「こう見えて、ダンスは体力勝負ですのよ。堕落した生活を送っていては必要な筋力は身につきませんの。普段から己を律し、常に姿勢よく、良家の令嬢らしく振る舞っている必要があります」

「はい、先生」

しっかりと頷いてみせたエイヴリルだったが、先生は薄笑いを浮かべている。

部屋の端で見守っているメイドのグレイスが顔を顰《しか》めて誰かを呼びに行こうとしたが、エイヴリルは慌ててそれを止めた。

「グレイス、ここで見守っていてくださいますか？　先生がお帰りになったあと、グレイスには練習のお相手をしていただかなくてはいけませんから」

「しかし、エイヴリル様……」

二人の会話に、エイヴリルが悪女なのだと勘違いしたままの先生はふんと鼻を鳴らす。

「あなたはそういう健気《けなげ》さを演じて数多《あまた》の殿方を手玉にとってきたのね。ですが、私相手ではそうはいきませんことよ。覚悟なさい」

「はい、先生！」

元気よくはきはきと答えれば、先生はほんの少しだけ目を泳がせた。随分はつらつとした悪女だと思っているのかもしれない。

もう悪女を演じる必要はないのだが、これまでの人生、あまり期待されることがなかったエイヴリルは期待されるとつい応えたくなってしまう。

グレイスは何か言いたそうに不満げな表情を浮かべているが、エイヴリルはあえて気がつかないふりをした。

（ディラン様と結婚するのですから、仮面舞踏会以外にもダンスを披露しなければいけない機会はたくさんあるはずです。こうしてしっかり教えていただけるなんて、なんて幸せなことなのでしょうか）

　ということで、まず初めにステップを教わった。

「ステップを覚えるだけでも大変でしょうが、それだけではいけませんのよ。滑らかに、美しく」

「こうでしょうか」

　エイヴリルが教わった数種類のステップを完璧に踏んでみせると、先生はぽかんと口を開けた。

「!?　こんなに簡単に……!?　いえ何でもありません。……それならば、応用のステップを」

「はい先生！」

　物覚えがよく運動神経もよく体力まであるエイヴリルは、すぐに基本となるステップをマスターした。

　先生は顔を引《ひ》き攣《つ》らせ、レッスンの内容はさらに複雑なものになっていく。

「いいですか。ここからは中級者向けの少しハードなステップになります。難しいからと言って基本をおざなりにすることなく、正確に」

「はい先生！」

なるほど、初めに教わったステップよりは難しいが、覚えること自体は苦ではないし、身体《からだ》もイメージ通りに動く。問題なかった。

ということでエイヴリルが応用のステップをあっさり全部覚えると、先生は息を呑《の》んだ。

今度は何の言葉もなく、それらを組み合わせて実践的なダンスに入ったのだった。


――どれぐらい踊ったのだろうか。

いつの間にか、エイヴリルの手を取り一緒に踊っていたはずの先生は、部屋の隅に置かれた長椅子に座りぽかんとこちらを見ていた。

最初のように悪女エイヴリルを非難する言葉や視線を投げてくることもなく、ただ呆然《ぼうぜん》と踊るエイヴリルを見ているばかりである。

一方のエイヴリルも、ここまでくるとさすがにちょっと息があがっていた。

(仮面舞踏会にいらっしゃる皆様はこんなふうに踊り続けられるのですね。すごいです。もしかして、仮面舞踏会とは社交の場ではなく運動会か何かなのでしょうか……!?)

けれど、エイヴリルは足を止めることも、先生に厳しすぎると不満を持つこともない。

なぜならば。

(……とっても、楽しいです……)

エイヴリルが家庭教師についていたのは幼い頃、ほんの短い間だけだ。エイヴリルの物覚えのよさが抜きん出ていることがわかると、それを見抜き褒《ほ》め讃《たた》えたベテランの家庭教師は解雇されてしまった。

コリンナの家庭教師がこっそりいろいろなことを教えてくれたが、さすがにダンスは時間がかかりすぎるため無理だった。

一人、書斎で勉強することが当たり前だったエイヴリルにはこの状況が楽しくてたまらない。

（誰かに教えていただけるって、本当にありがたく素敵なことですね）

部屋に流れる音楽の終わりとともに、余韻を残してステップを終えたエイヴリルは淑女の礼をする。

部屋の端で見守っているグレイスはぱちぱちと拍手してくれているが、何やら度肝を抜かれたらしい先生は、ハッと我に返るとおそるおそる話しかけてくる。

「あなた……物覚えと運動神経のほかにリズム感が随分いいのね。姿勢を崩さずにワルツのリズムを完璧に刻んでいたわ……」

「ありがとうございます。きちんとしたダンスは初めてですが、以前音楽の先生にワルツのリズムは一拍目を意識するとよいと教わりました。こう、いち、にっさん、と」

いち、にっさん、と繰り返しながら瞳を輝かせて答えれば、先生の顔からは薄笑いが消えていた。

代わりに顔が引き攣って目が泳いでいる。

「…………つまり、きちんと音楽の素養がおあり？　淑女教育が身についていらっしゃる？」

「幼い頃に一通りは」

「……なるほど。何が得意なのか教えてくださる？」

先生の言葉に、エイヴリルはほんの少しだけ遠い目をした。

（何をしても褒められた覚えがないのですが……。ピアノはこれ以上練習するなと触らせてもらえなくなってしまったし、バイオリンはコリンナの代わりに弾くためのものだったし……そもそも、こちらの先生は私が悪女だと期待しているのですよね）

なるべく期待には応えたい。

ちくちくとした視線でさえちょっとうれしい。めったに向けられてこなかったこの期待という感情は、エイヴリルにはくすぐったく眩《まぶ》しすぎるのだ。

ということで考え抜いた末、エイヴリルは一つの特技を口にした。

「ええと……採譜なら」

「採譜？」

採譜とは、音楽を楽譜に書き起こすことだ。

少し前、古城で行われたブランドナー侯爵夫人主催のサロンコンサート。そこでエイヴリルはサミュエルという男の子に会い、曲を楽譜に書き起こし演奏の手助けをした。

（その後、ディラン様の仕事もうまくいったようでしたわ。あまり披露する機会もないですし、遊び呆けていると思われたい悪女としてもよい特技ではないでしょうか！）

ということで、胸を張って特技を宣言する。

「はい。演奏を楽譜に起こすことでなら、誰かのお手伝いができますわ」

「……も、もしかして、先日のサロンコンサートにいらっしゃいました？　古城で行われた、あの」

しかし、エイヴリルの考えとは逆に先生の言葉遣いが少し丁寧になってしまった。一体何だというのだろうか。

「？　はい。そういえば、そこでも採譜ではありませんが演奏のお手伝いを」

「……聞いたことがありましてよ。この前のサロンコンサートで音楽の神童サミュエル様に指導をされた令嬢がいらしたと。その方の名前は伏せられていますが、もしかして……あなた……!?」

先生は目を見開き信じられないという表情で固まってしまった。

エイヴリルはサミュエルに指導をした覚えなど全くないが、どうやらその令嬢とは自分のことらしい。

（しまったわ！　……って、別に悪女ではないと知られてもいいのですけれど！）

そこへ、ここまでずっと静かに会話を見守っていたグレイスが、冷えた果実水を先生に差し出しながらつんと言い放つ。

「僭越《せんえつ》ながら、エイヴリル様のご友人には、件《くだん》のサロンコンサートを主催されたブランドナー侯爵夫人のほか、アレクサンドラ・リンドバーグ様もいらっしゃいます」

「!?　あの才媛の!?　完璧な淑女で、同世代のご令嬢とは決してお友達にならないというあのアレクサンドラ嬢ですって!?」

「はい。アレクサンドラ様はよくエイヴリル様を訪ねていらっしゃいます」

「……!?」

ただでさえぽかんとしていたはずの先生の顔から、表情が完全に抜け落ちた。

（ええ、お友達ですね）

エイヴリルには教養がないと決めつけて接してくる先生と、全く嫌味に気づかないエイヴリルの会話をずっと不満そうに聞いていたグレイスは、先生の反応にすっきりした様子だった。

エイヴリルにだけ見えるよう、フッと微笑んでまた部屋の隅へ戻ってしまったが、先生は青くなって固まってしまったままだ。

（期待に応えたいばかりに、先生を騙《だま》したような形になってしまったのが申し訳ないです……！）

気まずさを感じるエイヴリルの前で、先生は完全に目を泳がせている。

そんな中、ひんやりとした声が困惑で包まれていたレッスンルームに響いた。

「――その辺でいいだろうか？」

帰宅したディランが入り口に寄りかかり、苦笑しながらこちらを見ている。

「おかえりなさいませ！　ディラン様」

着替える間もなくこの部屋に寄ったのだろう。

外出用のスーツ姿のまま、涼しげな眼差《まなざ》しのディランの佇《たたず》まいは本当に絵になる。――そんなことを考えながら目を輝かせて迎えれば、ディランはほかに目を向けることなく一直線にエイヴリルのところまで来ると、足元に跪《ひざまず》いた。

（……！　ディラン様？）

驚いているエイヴリルだったが、ディランは気に留める様子もない。

それよりも、長時間踊り続けたようにしか見えない足を気にしてくれているようだ。

「……予定では五時間前には終わっているはずだろう？　まさかまだレッスンをしているなんてどういうことだ。足が痛くはないか？」

「全く。この通り、問題ありませんわ」

本当はちょっと痛かった。

でも、痛いと言えばディランはエイヴリルの靴を脱がせて人を呼ぶだろう。『この場で手当て、からの誰かに運ばれて退出』はさっきまで悪女のつもりだったエイヴリルとしては恥ずかしすぎる。

ということでぴょんぴょんと軽く跳んでみせると、とても嫌な感覚があった。

ひえっ、と思ったそばからダンスレッスン用の白いシューズの先に赤いものが滲《にじ》んでいく。

しまった、まめが潰れたらしい。そして残念なことに今度はけっこう痛かった。

（やってしまいました……！　しかも、レッスンのせいではなく自業自得です。これで、先生にダンスを教えてもらえなくなっては困ります！　私の不注意なのに）

エイヴリルにとって十年以上ぶりのきちんとした先生である。こんなことで逃すわけにはいかないのだ。

けれど、ディランは立ち上がると先生へ厳しい視線を向けた。

「……私の婚約者はダンス初心者だと伝えておいたはずだが、随分熱心に教えてくださったようだな」

「!?　いいえその、普通なら数十分で音をあげるはずでしたのに……婚約者様が想像以上に頑丈すぎ……ではなく……その、真面目で一生懸命で集中力も体力もあり」

青くなったまましどろもどろで応じる先生に、エイヴリルも同情したい。それはもう本当にそうだったし、お願いだから逃げないでほしかった。

（ですが、ディラン様はちょっと怒っていらっしゃる……）

これはエイヴリルにとって初めてのダンスレッスンだったのだ。

加えて、人に何かを教わることなどめったになく、はしゃいでしまった。自分がはしゃぎすぎたせいでこの先生が怒られるのは申し訳なさすぎる。

どうしましょうか、と考えるエイヴリルの隣でディランがため息をつく。

「私の婚約者は普通ではないんだ」

「私はこの通り普通ですわ。それに、今日のレッスンのおかげで何時間でも踊り続けられますわ。これは全部先生のお力添えの成果です」

勢いよく伝えれば、ディランの声色に楽しげな感情が滲む。

「……君は仮面舞踏会に一体何をしに行くつもりなんだ？」

確かにその通りすぎた。

ハッと顔を上げれば、ディランは呆《あき》れたように笑っていた。

（いけません。つい夢中になりすぎましたね……！）

誰かに教えを乞えることと、先生からの期待がうれしくて、エイヴリルは本来の目的を忘れかけていたようである。

しゅんとしてしまったエイヴリルに、我に返ったらしい先生がお手本のように美しい礼を見せてくれた。

「エイヴリル様。私は取り返しのつかない思い違いをしておりました。もしまたチャンスをいただけるのであれば、今度こそ淑女にふさわしいダンスをお教えしましょう」

「もちろんですわ。ぜひまた、午後いっぱいのお時間をくださいませ」

「!?　それは……ちょっと」

先生の目が泳ぎ、ディランの顔色を気にするように顔がこわばったのがわかる。

隣で、ディランが小さく噴き出した後、肩に手が回された。

「では、エイヴリルは私が部屋まで連れていこう」

「!?」

連れていこう、とはどういうことなのか。

しかし、待って、と言おうと思ったがもう遅かった。

ふわりと身体が浮いたと思ったら、ディランはエイヴリルをいとも簡単に抱き上げてしまう。

示し合わせたようにグレイスがスッと寄ってきて血の滲んだ靴を脱がせてくれ、ついさっきまで一番避けたかった状態が完成した。恥ずかしい。

「先生、今日はこれで失礼する」

「……ランチェスター公爵閣下、エイヴリル様、ごきげんよう」

「あっ……せ、先生！　今日はありがとうございました！　またぜひ私にダンスを教えてくださいま――」

エイヴリルが大声で元気にお礼を全部言い切る前に、扉は閉まったのだった。

ダンスレッスンのために準備された部屋からエイヴリルの自室までは少し距離がある。

ディランにお姫様抱っこで運んでもらう途中、クリスや使用人たちとすれ違ったが、あらあらまあまあという感じでニコリと微笑みかけられておしまいだった。

（少し恥ずかしいですが、はりきって調子に乗ってしまった私が悪いのです）

今日何度目かの反省を繰り返していると、ディランが話しかけてくる。

「あの先生にはああ言っておいたが……エイヴリルは今日のレッスンをそれなりに楽しんだようだな」

「はい。ディラン様、私、仮面舞踏会がとても楽しみになりました」

ディランの立場からすれば、まもなくランチェスター公爵家の女主人になるエイヴリルを軽んじた先生に釘《くぎ》を刺す必要があったのだろう。

けれど、エイヴリルは今日のレッスンがとても楽しかったのだ。そのことを、ディランがきちんとわかってくれていることがうれしかった。

（ディラン様は本当にお優しいですね。とてもあたたかい方です）

改めて、幸せを噛《か》みしめていると。

「――エイヴリル。誰かと踊る前に、私と踊ってくれるか？」

ディランの腕の中で顔を上げれば、透き通った青い瞳が優しくエイヴリルを映していた。

何となくくすぐったさを感じて、エイヴリルは笑って頷く。

「もちろんですわ。私はデビュタントへの参加を許されませんでしたので、舞踏会は初めてなのです。初めて踊るのがディラン様になるのですね。考えるだけでわくわくします」

「……何となく予想はついていたが、やはりそうだったか」

「はい。コリンナの支度は手伝いましたが、私には縁のないものでしたので」

「それなら、ファーストダンスは私と踊ってくれるか」

「はい！　楽しみです」

微笑んで応じれば、端整な顔立ちのディランの頰にほんの少し朱が滲んだように見えたのだった。

第二章◆悪女のミッション

エイヴリルの足の指先で潰れたまめが綺麗《きれい》に治り、先生と数時間かけてダンスを踊り続けても息切れすることがなくなった頃。

やっと、仮面舞踏会の日がやってきた。

会場はある貴族の屋敷《やしき》。

エイヴリルにとってこの王都のタウンハウスはどれも宮殿である。エイヴリルは、宮殿のエントランス端に描かれた館内の案内図を確認しながら、今日の仮面舞踏会の主催者であるアッシュフィールド家について思い出していた。

「アッシュフィールド家。インフラ関係に強いパイプを持つ家柄で、子爵家ではあるけれど現当主は機知に富み商才にも優れている。その手腕は与えられた爵位よりも高く評価されているし人脈の広さには目を見張るものがあります。ただ財を成すことに傾倒しすぎて最近ではいろいろなきな臭い噂《うわさ》もあるお家《うち》ですね！」

「その通りだ」

「ディラン様！」

しまった喋《しゃべ》りすぎた、と思ったときにはもう遅かった。慌てて取り繕おうとしたものの、もうその必要はなかったのだと思い出す。

ディランが悪女好きという設定は社交界でまだ生きているが、ランチェスター公爵家でのエイヴリルは悪女ではない。

けれど、今夜は仮面舞踏会である。相応の格好で出かける必要があった。

ということで、今日のエイヴリルは身体に沿う形の真紅のドレスを身につけている。髪の毛も顔周りは編み込んですっきりさせているものの、全体的にきつめに巻いているため普段のエイヴリルとは違った雰囲気に仕上がっている。

そう、まるで――

(コリンナがこっそりお出かけするときもこんな格好をしていたような……)

目元を隠すバタフライモチーフの仮面をつけると、本当にコリンナそっくりだった。

仮面舞踏会に出るのは初めてだが、この格好でなら簡単に乗り切れそうな気がする。

(今日の私は、仮面舞踏会に出入りする悪女です。会場に馴染んで目立たずにディラン様をエスコートし、お仕事を成功させるのが私の役目……!)

エントランスに設置された大きな鏡越し、まるで悪女にしか見えない自分を新鮮な気持ちで眺めていると、ディランが小声で話しかけてくる。

「さすがだな。正直、君をここには連れてきたくなかった。しかし、ここまでアッシュフィールド家に詳しいとなると、安心して同伴を頼めるな」

「……もちろんですわ」

知識面で褒められたのに少し悔しい気がするのは、コリンナになりきっていた頃の名残だろう。

気を取り直し悪女として頷き、大広間に向かっていると、知らない声に呼び止められた。


「——エイヴリル！」


（ん……？）

振り向いた先にはウエーブきつめの金髪の男がいた。いかにも遊び人といったいでたちをしていて、口をあんぐりと開けている。

（このような方と面識はないはずですが）

けれど、男は仮面の向こうに見える琥珀色《こはくいろ》の目をわずかに細め駆け寄ってきた。

反射的にディランがエイヴリルを守るように前に出たが、男は気にする様子もない。エイヴリルだけを見てうっとりと話しかけてくる。

「本当にエイヴリルなんだな。……会いたかったよ。急にいなくなるから」

親しげな口調に、ディランは仮面をつけていてもわかるほどに不機嫌さを表情に出す。

「……この男は知り合いか？」

「いいえさっぱり。もしかして、エイヴリル違いではと」

「だろうな。把握した」

ここは大人の男女の遊び場、仮面舞踏会である。

エイヴリルは一度も来たことがないが、名前だけは知られている。その、名前を知っている人間たちがどういう人間かというと。

（きっと、この方はコリンナが以前にお付き合いしていた方だわ。アリンガム伯爵家が没落してコリンナに会えなくなったから、心配していたようですね）

エイヴリルとディランが何となく事情を把握したところで、陶酔したままの男はさらに続けた。

「人違いなんてひどいじゃないか。エイヴリル、君は僕から毟《むし》り取《と》るだけ毟り取って消えただろう？　あといくら貢げば……宝石を贈れば……君は僕のものになってくれるんだ？」

「！」

（ええと……コリンナは本当にすごいですね）

感想はいろいろとあるが、エイヴリルは何よりもまず、コリンナが正真正銘の悪女だったことに感服するしかない。

エイヴリルがウエーブきつめの金髪の男を見つめながらコリンナの悪女っぷりに感動している一方で、ディランは警戒を強めていた。

「私の連れに何か用が？」

「……連れ、だって？　エイヴリルは誰か特定の男のものではないだろう？　一つの場所に留めることなどできない、奔放さがとんでもなく魅力的な悪女のはずだ。それをお前が独り占めなんて……」

声を落とし、震え出した男にディランは高圧的に言い放つ。

「もしそうだったとしても、今ここで久しぶりに再会したということは、彼女はあえて貴殿には居場所を知らせなかったということだろう？　それならこれ以上関わるのはやめてもらおう。火遊びとは後腐れなくするものでは？」

それを聞きながら、エイヴリルはぱちぱちと瞬いた。

（ディラン様は……どうやら火遊びにお詳しくていらっしゃる……!?）

そういえば、ディランは以前エイヴリルに『君の言う〝夜遊びと火遊び〟の意味を詳しく聞いてみたい』と言ってきたことがある。

当然、答えきれなかったエイヴリルはあからさまに話題を変えたのだった。あのときは全く気にならなかったはずなのに、今はちょっとだけ引っかかる。

この場に合わせた言葉選びだとわかってはいるものの、『仮面舞踏会』が一体どんなものなのか言葉だけでふんわりとしか想像できなかったエイヴリルとしては、微妙な気持ちになってしまう。

（何でしょうか、このもやもやは……。そうだわ、私にはまだまだ勉強が足りないということですね）

もう悪女になる必要はないが、公爵夫人としてはまだまだ勉強不足なようだ。

今、パーティー用のヒール靴におさまっているエイヴリルのつま先も、ダンスの練習をしなくてはここまで丈夫にならず、これから待っているかもしれない過酷なダンス数時間には到底耐えられないことだっただろう。

（もっと努力する必要があるということですね。ディラン様がお優しいので、私は甘えすぎていた

ようです）

エイヴリルが斜め上の方向に納得している間に、ディランと金髪ウエーブなコリンナの元カレの会話は進んでいく。

「僕とエイヴリルの仲は腐ってなどいないんだ。ただちょっと会えなくなっていただけで……関係が終わっただなんて認めないぞ」

「貴殿もこの仮面舞踏会がどんな場かはさすがに理解しているだろう？　そうやって名前を親しげに呼びかけるのはやめてもらいたい。不快だ」

二人の間には険悪な雰囲気が漂い、周囲のギャラリーもやりとりを少しずつ気にしはじめていた。そのことに気がついたエイヴリルはハッとする。

（いけません。コリンナの悪女っぷりに感動しているところではなかったわ。今日はローレンス殿下に頼まれた重要な任務のために来ているのです。余計なことを考えていないで、ディラン様をサポートしなくては）

ランチェスター公爵家という名前を出せば、このコリンナに貢がされた元カレは一瞬で大人しくなるのだろう。

けれど、仮面舞踏会という場所やローレンスからの任務を考えて、ディランが名乗ることはない。

エイヴリルは目の前のウエーブきつめ、コリンナに大量の宝石を買わされたらしい気の毒な男の顔を見据える。

仮面の向こうに見える琥珀色の瞳は絶望と同時にわずかな怒りも湛《たた》えていた。

（まず、この方をディラン様から引き離すことが何よりの重要事項ですね）

そう決心すると、エイヴリルはたおやかな笑みを浮かべた。

コリンナのような華やかで周囲を魅了する笑い方が自分に向いていないのは大体わかってきた。

イメージするのは、王太子殿下の婚約者でありこの国の才媛としても持《も》て囃《はや》されるアレクサンドラの微笑みだ。

しっかりと再現できたと思えたところで、ほんの少しディランに身体を寄せた。

「私、たくさんの殿方と踊りたいので、しばらく別行動をしてもよろしいでしょうか」

「!?　君は一体何を……」

「久しぶりの仮面舞踏会ですもの。少し自由に楽しませていただきたいですわ。……それに、あなたにも御用があるのでしょう？　すべて終わったら踊って差し上げてもよくってよ」

悪女として二年目なのだ。もう声が震えたり目が泳いだりすることはない。

けれど、ディランはどうしても納得しないようだった。

「しかし」

「あら、この場の楽しみ方をわかっていないのは、こちらの殿方だけでなくあなたも同じようね」

ディランとコリンナの元カレへ交互に視線を送りくすくすと笑ってみせると、やっとディランはエイヴリルの意図を受け入れたらしかった。ため息をつき軽く頷いた後、クリスに視線を送る。

「……頼む」

「はい、お姫様のお守りは私が承ります」

今、悪女として聞き捨てならない台詞《せりふ》があったのではないだろうか。

けれど、これでディランはこの仮面舞踏会にやってきた本来の目的を果たすことができそうだった。

(よかったです。ローレンス殿下に頼まれた大切なお仕事ですもの。ディラン様と踊れないのはとても残念ですが……)

しかし、エイヴリルは名残惜しそうに離れていくディランの背中を見送りながら、現在最も大きな課題に直面していた。

(どうしましょう。私、この方のお名前を存じ上げないのですよね。だって、本当は私ではなくコリンナのお知り合いなんですもの)

人違いだと伝えるのは簡単だ。

けれど、彼はコリンナが仮面を外した姿を見たことがない可能性もある。

信じてもらえずに騒がれるのが一番避けたい事態だった。

ディランの邪魔だけはしたくない。

(コリンナがよくない別れ方をしたのでしたら、あまり刺激を与えてはいけません。『あなたはどなたですか』なんて問いはダメですね)

エイヴリルは改めて目の前の男を見上げた。

きつめウエーブの金髪。くるくる頭寸前の天パ具合。そのままおっとりと首を傾げ、頭の片隅に置いてある貴族名鑑のページをペラペラとめくる。

（アッシュフィールド家での仮面舞踏会に招かれるようなお家の方で、この方に該当する方はいらっしゃったかしら。コリンナの性格ですもの。もし高位貴族の家督を継げるご令息だったら、ひどい捨て方はしないはずだわ。ということは……）

　年齢や家系から読み取れる外見の特徴を中心に考えると、二人の青年に行き当たった。

　一人は商家でもある新興の男爵家の二男《じなん》。もう一人はそれなりに歴史のある子爵家の三男。

（男爵家の二男の方は王都の商会にお勤めで、とてもお忙しいというお噂を聞いたことがあります。今この仮面舞踏会に来ていてもおかしくないけれど、アリンガム伯爵領の近くまで遊びにいらしてコリンナと知り合う機会はない気がするわ。一方、子爵家の三男の方はあまりお話を聞いたことがありませんね。遊び人という話すらも）

　ちなみに、貴族名鑑による知識は完璧なものではないとわかってはいる。実際に、エイヴリルはディランのことも知らなかったのだから。

（どちらかしら……）

　最後は勘しかない。エイヴリルは心を決め、子爵家の三男の名前を呼んでみる。

「ウォーレス様。何か誤解があるようですわ」

「！　初めて名前を呼んでくれたね。エイヴリルが本名を名乗るなと言っていたから、僕は名乗ったことがなかったのに……！　やはり僕を気にかけて調べてくれていたのか。君の気持ちはわかった。これまでのことはすべて水に流すから結婚しよう。さっきの鼻につく男なんて捨ててやればいい」

「!?!?!?」

名前は正解だったが、この場の振る舞いとしては盛大に間違ったようである。

さてこれはどうしたものか。

背後でクリスが笑いを堪えきれずに変な息を漏らしたのが聞こえ、エイヴリルは目を泳がせた。

その間にもウォーレスは親しげに一歩また一歩と近づいてくる。

「エイヴリルと王都の舞踏会で会うのは初めてじゃないか？　田舎町でのダンスとは少し違うんだ。教えてあげるよ」

「ウォーレス殿。我が主からもう少し離れていただけますか？　淑女に対する距離感を間違って覚えていらっしゃるようですね」

すかさずクリスが間に入って適切な距離をあけてくれたが、それでもまだ近いしウォーレスは引き下がる様子もなかった。

クリスの振る舞いに憤慨して声をあげる。

「な、なんと失礼なことを！　今夜は仮面舞踏会だぞ。そんな上品なマナーは通用しないし、何よりも彼女はそういうタイプじゃない。……そうだろう、エイヴリル？」

（……コリンナはそうだったかもしれませんし、今私がここに何のためにいるのかを思えば、そういうふうに振る舞うのが正解なのでしょう）

瞬き一つほどの間。エイヴリルが応じる前に、ウォーレスは当然のように手を差し出してくる。

「さぁ、エイヴリル。いつものように踊ろう」

「……！」

会場の大広間にはゆったりとしたワルツの音楽が流れている。

周囲では、身体を密着させた男女が楽しく語らいながら踊っているようだ。

ここ数週間、エイヴリルは熱心にダンスレッスンをしてきた。

舞踏会で踊ることが多いワルツは完璧に踊れるようになったし、時間が余ったのでついでにタンゴやヴィエニーズワルツまで覚えた。

教えるのが楽しくなったらしい先生は自分の弟子になるようにと熱心に誘ってくれたが、ディランが「？？？　エイヴリルがそうしたいのならいいが……」と心底不思議そうに呟《つぶや》いたのを見て、本来の目的を思い出し我に返ったところだった。

（私は仮面舞踏会に参加してディラン様を違和感なくお手伝いするために、ダンスを習ったのです。ですが）

初めて先生についた日、張り切りすぎて足の指先にできたまめを潰してしまった後、自分を抱き上げて自室まで送ってくれたディランの、わずかに頬に朱を滲ませた姿が思い浮かぶ。

（ディラン様は「ファーストダンスは私と踊ってくれるか」と誘ってくださいました。私もすごく楽しみだったのですが……）

それが仮面舞踏会になるかは別として、この先ディランと一緒に舞踏会や夜会のような場に出ることはたくさんあるだろう。

もしかして、パーティーを主催し、ディランと二人でファーストダンスを踊ることもあるのかもしれない。

(ですが、私はアリンガム伯爵家の令嬢としてデビュタントへの出席が許されませんでした。つまり、ここで踊るのが私の人生でのファーストダンスになるのですよね)

さっき、ディランは名残惜しそうに離れていった。

その理由はエイヴリルが心配だということとは別のところにあったのではないだろうか。

たとえば、エイヴリルとのファーストダンスの約束を果たしたかった、とか。

(今さらそんなことに気がついてももう遅いのですが……。この方と踊らずに済む方法があったらいいのですけれど……無理ですよね)

「悪女として名高い君が、誰か一人のものになるなんておかしいだろう？　それに、そんなのこの楽しい場にそぐわない」

「……」

エイヴリルは仕方なく差し出されたウォーレスの手を取り、一般的なマナー通り淑女の礼をする。

すると、ウォーレスは目を丸くした。

「……嘘《うそ》だろう。まるで、こういう場に慣れた良家の令嬢のようだ」

「えっ？」

「いや、いつもと随分違うものだから。もしかして、王都と田舎町で顔を使い分けているのか？　さすが、僕を夢中にさせる悪女のエイヴリルだ」

ウォーレスは片側の頬だけを上げてにやりと微笑むと、エイヴリルの手にキスをしようとした。

ぞわり、と背筋に何とも言えない感覚が走る。

しかしその瞬間、エイヴリルの視界からウォーレスが消えた。

（……えっ!?）

気がつくと、クリスがわずかな隙をついてエイヴリルの手を摑《つか》んで逃し、入れ替わってくれていた。つまりウォーレスはクリスの手に口づけるような格好になっている。

仮面をした男が、仮面をした男の手に口づけようとしている。非常に興味深い状況だし、好きな人もいるかもしれない。現に、会場の端からは妙な叫び声が聞こえた気もした。

けれど当然、ウォーレスは怒りで声を張り上げる。

「な、何をするんだ！」

「いえ、虫がおりましたので。私が代わりにご挨拶のキスを承っただけのことです」

「虫だと!?　どこだ！」

「ああ、自分自身のことはなかなかお気づきになれないようですね。まぁ、何事もそういうものでしょうか」

仮面の上からでも顔を真っ赤にしているのがわかるウォーレスに、クリスが仮面の下のにこやかな笑顔を隠さず言い放つ。

それもまたウォーレスの怒りを買ったらしい。

「!?　お、お前、ただの付き添いだろう。私にそんなことを言っていいと思っているのか！」

「主君より、虫がいたら遠ざけるように仰せつかっておりますので」

「何だと!?」

（いけません……！　目立たずにやり過ごすはずが、このままでは騒ぎになってしまいます）

　クリスには心の底から感謝したい。

　けれど、騒ぎを起こしてディランの邪魔になるわけにはいかないのだ。エイヴリルは怒りの矛先を自分に向けようと、この場に合った言葉を頭の中から探す。

（今日の日のために、仮面舞踏会の場にふさわしいフレーズを覚えてきたのです！　どれがいいかしら。……ええと、そうだわ！）

「ウォーレス様。〝いきなり私と踊ろうなんて、身の程を知りなさい。……そうね、まずはその男と踊るといいんじゃないかしら〟？」

「随分な参考図書をライブラリーにお持ちで」

　一瞬、周囲がシンとしたところに、クリスのぼやきが響いた。

「え？」

「いえ何でも。……ということで、仕方がないので踊りましょうかウォーレス殿」

　クリスは涼しい表情でウォーレスに向き直り、恭しく手を差し出した。

　ところで、この二人の男はどちらも見目麗しく絵になる。エイヴリルもうっかり見惚《みほ》れてしまいそうになったが、違う今はそうではない。

　慌てて気を持ち直したところで、ウォーレスが後ずさる。

「お、お前……男二人で踊るなんて、じょ、冗談だろう」

「いえ、私は本気です。お姫様のご命令ですので」

「……!?」

クリスの「大丈夫です。私は女性パートも問題なく踊れますから」という声が聞こえ、二人が何となくワルツのリズムに乗りかけたところで、ハッと我に返ったらしいウォーレスが手を振りほどいた。

「……ふざけるな！　……しかし、エイヴリルはしばらく会わない間にさらに理想通りの女性になったな。た……ただ、ダンスの誘いはまた後にさせてもらうよ。この面倒な男に邪魔をされないときに」

額に汗を浮かべたウォーレスはクリスをひと睨《にら》みしてふんと鼻を鳴らすと、人の波へ消えていってしまった。

（とりあえず、踊ることもなく騒ぎになることもなくやり過ごせました。よかったです）

ウォーレスの後ろ姿を見送ってほっと息を吐くと、クリスが心配そうに告げてくる。

「あの男には気をつけた方がいいですね」

「そうですね。コリンナが相当ひどい仕打ちをしたようですわ」

「ええ。悪女エイヴリルとよりを戻したいと見せかけて、実は恨みをお持ちかと」

それはもう、本当にそうだと思う。

コリンナがどんな扱いをしたのかを想像し、ウォーレスにほんの少し同情したエイヴリルはため息を吐いた。

「コリンナがしたことを思えば、恨まれても仕方がない気がいたします。今、あの方が私をダンスに誘ったのも、王都でのマナーを知らないと踏んだからのような」

「そのようですね。今夜のパーティーは仮面舞踏会とはいえ、ただの遊びではなく少し格式高い場ですから、悪女のお姫様に恥をかかせたかったのでしょう」

（そういえばアレクサンドラ様も同じようなことを仰っていました。『王都の仮面舞踏会は、少し格式が高く毛色が違いましてよ』と）

　クリスからの言葉に、今夜はディランの邪魔にならないよう振る舞おうと決意を新たにする。

（ディラン様にご迷惑をかけることがないよう、しっかりしないといけません……！）

「ところで、クリスさんのウォーレス様へのダンスのお誘い、スマートで素晴らしかったです」

「いいえ、ただ虫がいただけですよ」

　にっこりと微笑んでくれるクリスの表情には、心なしかディランへの気遣いが滲んでいるようにも思えた。

　それを見つめながら、改めてエイヴリルは安堵《あんど》する。

（……あの方と踊らずに済んでよかったです）

　ファーストダンスはディランと踊りたい。

　その想《おも》いの理由は、ただ〝約束したから〟ではないように思えて、どこか落ち着かない気がした。


　ところで、仮面舞踏会は、この屋敷の一階すべてを開放して開催されている。

ダンスが繰り広げられるのは大広間だけのようだが、ほかの部屋では参加者たちが食事や会話を楽しんでいるということだった。

(これが、アレクサンドラ様が仰っていた〝少し格式高い仮面舞踏会〟……!)

初めてのことに、つい周囲をキョロキョロと見回してしまう。

「……わかりますよ。楽しいですよね?」

「! はい……!」

仮面をしていても、クリスの目が笑っているのはわかる。

うっかりはしゃいでいるのを見透かされて恥ずかしいが、この気持ちは隠しきれないのだ。素直に肯定するしかなかった。

「ほかのお部屋も見てみますか。どうせこの大広間にいては、さっきの虫もすぐに戻ってくるでしょうし」

「ぜひ!」

まるで子どもに接するようなクリスからの提案に、エイヴリルは目を輝かせる。

そうして、うきうきと大広間を出たエイヴリルは、クリスと一緒に絨毯《じゅうたん》が敷き詰められた廊下を歩く。

それぞれの部屋は扉が開け放たれていて中の様子が見え、出入りしやすくなっていた。

「隣の小部屋はビュッフェ台が置いてある休憩用のお部屋、その隣はカフェスペース、奥の角から二番目のお部屋ではボードゲームが楽しめるはずですね」

「エイヴリル様はなぜそんなことを知っているのですか？」

「さっき、エントランスの館内案内図で確認しました」

「……なるほど」

見たものは大体一度で覚えるエイヴリルの案内に、クリスはとくに突っ込みを入れることなくついてきてくれる。

「クリスさん、小さなお部屋もたくさんあって、そのお部屋は鍵を借りないと入れないようですが何のお部屋なのでしょうか？」

「うーん。お姫様は知らなくていいと思います。気になったら、本物の悪女のコリンナさんに聞いてください」

「かしこまりました？」

質問をはぐらかされつつ、エイヴリルはずんずん進む。

（この規模で、しかもアッシュフィールド家が主催するパーティーです。人目を避けて商談や密談ができる場をいくつか準備しておくと考えるのが普通です……！）

きっと、ディランもそこで『仕事』をしているのだろう。仮面舞踏会という周囲の雰囲気だけで、スパイにでもなったようでわくわくしてしまう。

（ハッ……いけません。今夜はディラン様のお仕事のサポートが私の任務なのですから。お邪魔にならないよう、静かに潜伏する必要があります）

ついはしゃぎかけたことを反省したエイヴリルは、気を取り直して奥から二番目の部屋に入った。

そこでは、ざっと見て十人程度の男女がチェス盤を前に語らっている。入り口のところにはミニバーが設置してあった。そして。

「……ま、また会ったね。そんなに僕に会いたかったのかな？」

「うっ」

そこにはディランはいなかったが、なぜかさっき追い払ったばかりのウォーレスがいた。

隣には、露出度高めのドレスにゴールドのバタフライモチーフの仮面をつけた女性を座らせている。チェス盤を挟んだ向かいの席は空いていた。

（ウォーレス様を避けて大広間を出たのに、早速再会してしまいました……！）

自分のタイミングの悪さを呪うエイヴリルの前で、ウォーレスは連れの美女と何やらニヤニヤ話している。

「キャシー。彼女が今話していた、例の」

「ああ、エイヴリルとかいう安っぽい悪女？　偽名を使わない時点で終わっているわよね」

（コリンナにとっては思いっきり偽名だったのですけれどね……！　ですが、私としては返す言葉もありません）

キャシーと呼ばれた美女から発せられた甘ったるい声と値踏みするような視線に、エイヴリルはとりあえず微笑んで淑女の礼を返す。

「悪女のエイヴリルと申します」

すると、キャシーは自分の美しく巻かれたブロンドヘアを指先でくるくるともてあそび、ふぅん、と意外そうな声を出してから続けた。

「私、彼女がどんな顔をしているのか見てみたくなっちゃった。ねえあなた、チェスで遊んでいきなさいよ。それで、私に勝ったら仮面を取らなくてもいいの」

「……？　つまり、負けたら私に仮面を取れと仰るのでしょうか」

エイヴリルが首を傾げると、キャシーではなくウォーレスが応じる。

「それはいいな。僕もエイヴリルの素顔は見てみたいと思っていた。どんなときでも仮面を外さないから、ずっと気になっていたんだ」

「それは……」

エイヴリルたちの会話が聞こえたらしい周囲の客がざわめく気配がする。それだけ、仮面舞踏会で素顔を晒《さら》すことは珍しいことなのだろう。

「エイヴリルが素顔を晒すのは、君がもし負けたらの話だよ。それに、相手は僕じゃなくこっちのキャシーだ。そんなに難しい話じゃないだろう？　まぁ、田舎町の仮面舞踏会では知的な会話もボードゲームもなかったもんな。君には難しいか」

「やあね、意地悪だわ。まずはルールから教えてあげるし、きちんとハンデをつけてあげるから座りなさいよ？」

キャシーは挑発的に微笑んでいるが、こういう視線にも突然向けられる敵意にもエイヴリルは大体慣れている。

（ここで騒がれては大変ですからお受けした方がよさそうです。顔を晒してはディラン様のお仕事に影響が出るかもしれませんが、負けなければいいのですよね……）

　この二人はハンデをくれると言っている。

　それなら、自分にも勝てるかもしれなかった。

　エイヴリルが付き添いのクリスに相談するような視線を送ると、彼は意味深にニヤリと微笑んだ。

「承知いたしました。では、お姫様も準備を」

　エイヴリルが席につきチェス盤を見つめている間に、ウォーレスとキャシーの楽しげな会話はまだ続いていく。

「かの有名な悪女の顔が見られるなんて言ったら、この界隈《かいわい》では大騒ぎだぞ」

「やだ。もしかして、ひどい顔をしている可能性もあるのかしら？　仮面と髪型で大体のことはごまかせるものね」

　ちらりと値踏みするような視線を向けられて、エイヴリルは顔を引き攣らせ瞬いた。

（コリンナは私の名前を使って一体どんな遊び方をしてきたのでしょうか……!?）

　エイヴリルの想像力はとうに限界を迎えている。

　とりあえずにっこりと笑って見守っているうちに、どんどんギャラリーが増えていく。

「悪女の顔が見られるって？」

「あーあの、一晩遊んだら虜《とりこ》になって散々貢がされるという女か。昔、ひどい話を聞いたな。友人の知人が家宝扱いの宝石を貢いでしまって、目が覚めて取り戻しに行ったけど帰ってこなかったらしい」

「家宝を贈ってすぐに金に換えられたってことか？　いっそ清々《すがすが》しいな」

「いやそれが、帰ってこなかったのは家宝じゃなくてその取り戻しに行った知人なんだよ。再会したら一瞬で絆《ほだ》されて復縁したとかなんとか」

「まじかよ……一体どんな悪女なんだよそれ……」

（ほっ……本当ですか……？）

お願いだからこっちを見ないでほしい。

コリンナのありえないエピソードに本気でドン引きし、何かおそろしいものを見るような視線を送ってくる集団に、エイヴリルはさりげなくゆっくりと背を向けた。

（コリンナの外での評判を初めて具体的に聞いた気がします。なるほど、これはあちこちで恨まれていても仕方がありません……！）

気まずそうにぱちぱちと瞬いたエイヴリルの仕草を緊張と勘違いしたらしいキャシーが、赤く塗られた唇を近づけてくる。

「ねえ、あなた。こんなところで顔を晒すのはかわいそうだからハンデを予定よりも多くあげるわ。いつも持ち時間は五分なんだけど、無制限にしてあげるし、駒もたくさん抜いてあげる」

（！　そうでした！　私はウォーレスさんとキャシーさんに騒がれないように、チェスでひと試合するのだったわ。確実に勝って、素顔を晒すことがないようにしないといけません）

今自分が置かれた状況を思い出したエイヴリルは、申し出る。

「ありがとうございます。持ち時間は五分で問題ないのですが、抜いていただける駒を私に選ばせていただいてもよろしいでしょうか？」

「えっ……いいけど？」

にっこり微笑んでみせると、キャシーは心底不思議そうにぽかんと首を傾げたのだった。


一方その頃、ディランは別室で目的の人物に接近していた。一人、周囲の会話に耳をそばだてながら、いつも通りポーカーフェイスを貫いてグラスを口に運ぶ。

「近々、ペッキア領のインフラ整備に関する入札が行われるそうだな」

「ああ。相場に五割上乗せでどうだ」

「……五割か」

「もちろんそれだけじゃない。別の見返りもある。むしろそっちが本命だろう？」

背後では何やら怪しげな会話が交わされているが、特にディランは顔色を変えることはない。

（……この部屋が当たりでよかった。これで誰かに話しかけることなく情報が集められる）

今日ディランがこの仮面舞踏会を訪れたのは、アッシュフィールド家が斡旋《あっせん》しているとされる不正な入札を探ってほしいという依頼をローレンスから受けたためである。

本来はエイヴリルとともに招待客に混ざって情報を集めるつもりだったが、悪女コリンナの元カレの登場により叶《かな》わなくなってしまった。

しかし、別室でこの会話をしている人間に出会えたのだから幸運である。

二人の男は怪しげな会話を続けながら、部屋を出ていく。ディランは視線ですら追わず、その気配だけを見送った。

(髭《ひげ》の男がアッシュフィールド家の当主――このパーティーの主催者か。しかし、あの相手――黒い仮面をつけ、赤みがかったブロンドを一つに結んだ若い男、は誰だ。チャイルズ家か、エッガー家か。それとも……。背格好から目星はついていても、該当する家が多すぎて決め手がないな)

記憶を探ると見覚えがある気はする。

しかしどこで会ったのか。せめて仮面がなければもっと絞れたものを、と思いつつディランはグラスの中身を飲み干す。

(仮面があるからこそ探れたのはこちらも同じだ。必要な情報は得られたし……ローレンスへの報告はここまでだな)

早くエイヴリルの元に戻りたくていつもより気が急《せ》いているのは自分でも認めるところだった。

しかし、すぐにこの部屋を出て先ほどの男に気づかれては本末転倒である。

しばらく時間を潰し、ようやく部屋を出ようとしたところで廊下がざわざわしていることに気がついた。

(何だ……?)

その部屋は、廊下のつきあたり、奥の角から二番目の部屋である。エイヴリルのことが心配だが、今日はここへ仕事で来ていることを思うと確認しないわけにはいかない。

ディランはその部屋へと足を踏み入れた。

「ええと、チェックメイトのようです」

「嘘だろう……」

エイヴリルの向かいでは、黒い仮面を身につけた男が呆然《ぼうぜん》としている。

その背後には、仮面を外したウォーレスとキャシー、数人の男がさらに愕然《がくぜん》とした様子で口をぽかんと開けていた。

（騒がれないように始めたチェスでしたが……ディラン様の邪魔をしそうなウォーレス様をここに留めておくのに最適な手段でした。ということで、何勝負もしてしまいました。チャンスをくださったキャシー様に感謝しなくては）

さっき、大広間でのディランとウォーレスは険悪な様子だった。

――ウォーレスをこの部屋から放流した場合、ほかの場所でディランに会って絡み、仕事の邪魔になる可能性がある。

そう思ったエイヴリルは、ウォーレスをこの部屋に引き留めるため、キャシーとのチェスを終えたあともいくつかの挑戦を受けることにしたのだ。

一方、エイヴリルにチェスの勝負を提案し、この部屋の人間で一番に素顔を晒すことになってしまったキャシーはなぜか得意げである。

「もう皆聞いてよ？　彼女、抜いてくれっていう駒が妙に具体的だったのよ！　初めてルールを知った素人じゃ思いつかないような！　偶然かなって思って受け入れてあげたけど、痛い目に遭ったわ!?」

「それは申し訳ありません。ですが、ここで素顔を晒すわけにはいきませんでしたので」

今日のエイヴリルは悪女なので手段は選ばなかった。ふふっと微笑んでみせれば、キャシーはさらに満足げに笑う。

「ウォーレス。こちらのエイヴリル嬢はあなたでは物足りなかったんじゃないかしら？　捨てられたのも、あなたが悪女を満足させられないつまんない男だったからよ？　残念ね」

「な……っ!?」

ウォーレスは顔を赤くして怒りかけたが、その口にキャシーがつまみのナッツを突っ込みニコリと笑って黙らせた。

遊び慣れているその仕草をエイヴリルはしっかり目に焼きつける。

(これが悪女っぽい仕草……！　って、見惚れている場合ではなかったわ。そろそろディラン様のお仕事が終わる頃でしょうか。私も大広間に戻らなければ)

この後、ディランと約束のダンスができるのだろうか。

実は、エイヴリルのダンスレッスンの相手は先生もしくはクリスが務めていた。

ディランは忙しくてレッスンに付き添えなかったからなのだが、そのせいでエイヴリルはディランが踊るところを見たことがない。

（きっと、ディラン様のエスコートで踊れたらとっても素敵なのでしょう）

それを思っただけで、今日の目的も忘れて心が弾んでくる。

ということで、この場を退出するタイミングを計るエイヴリルだったが、チェステーブルを挟んで向かいに座っている男は動かなかった。

エイヴリルにたった今負けたばかりの男はじっとこちらを見たまま、一つ結びにしたストロベリーブロンドを揺らす。それから、片方の口角だけを上げて不敵に微笑んだ。

「――見事だ。噂は聞いていたが、こんな才女だったとは」

「お褒めに与《あずか》り光栄にございます」

「私は仮面を外すわけにはいかなくてね。代わりに、これを」

男はじゃらりと音を立てながら、テーブルの上に無造作に金銭を置く。無造作に置かれるにしてはちょっとありえない金額で、エイヴリルは思わず固まってしまう。

「!?　……いえ、いただけません。ここにいらっしゃる皆さんは、私の……ひ、暇潰しにもなりませんでしたから」

目が泳いだもののなんとか悪女設定を貫くと、周囲はさぞかしそうだろうというふうに頷く。噴き出しそうなのを堪えているのはクリスぐらいなものだ。

けれど、黒い仮面の男は意外そうに目を眇《すが》める。

（……この方は、少し雰囲気が違う気がします）

この場にいる人間は皆、仮面舞踏会を楽しみに来ている。これは遊びなのだから、その場のルールに従うし羽目も外す。

しかし、彼はどこか異質な空気を放っている。この場に馴染んではいるけれど、女性とは一定の距離を置いているしエイヴリルへの接し方もまるで淑女を扱うようだ。

（ここに遊びに来たのではないのなら、もしかして）

黒い仮面の男は、立ち上がるために身体を曲げたタイミングでエイヴリルだけに聞こえるように囁《ささや》いた。

「……君はここに何か別の仕事をしに来たんじゃないのかい？　ただ遊びに来るような人間じゃないだろう？」

「——！」

（この方は……？）

その瞬間、待ちわびた声がエイヴリルの頭上から降ってきた。

「——随分と待たせてしまったようだ」

それはディランだった。名前を呼ぶことなく、エイヴリルはスッと立ち上がる。

「……お待ち申し上げておりました」

「待たせてすまない。だが、少しは楽しめたようだな？」

「ご覧の通りですわ」

澄まして答えると、仮面の向こうの目が優しく微笑んだのがわかる。その眼差しに、ひどくほっとした。

（どうやら、私はそれなりに緊張していたようです。仮面舞踏会という未知の催しですもの。ですが、なんとか大きな問題を起こすことなく過ごせてよかったです）

一方のディランはエイヴリルの手を取り無造作に置かれた金銭を確認すると、黒い仮面の男に視線を送った。

「……こちらは？」

「今、チェスのお相手をしていただいた方ですわ」

そう答えれば、黒い仮面の男は少しの間を置いて和やかに応じる。

「……なるほど、連れがいらっしゃったとは。こんなに長くあなたを独り占めして申し訳ないですね。お詫《わ》びに、これも置いていきましょう」

そうして、男は無造作に置かれた金の上に一枚の紙切れを追加すると、小さな声で続けた。

「……もしほかの目的があるのなら、この紙に書いてある部屋へ」

（……？）

エイヴリルがその紙を手に取る間に、男はスマートに部屋から出ていってしまう。それを見ていたクリスは瞬時に何かを把握したようだった。

「……ディラン様、追いかけますか」

「クリス、いい。あの赤毛を一つに結んだ男——トマス・エッガーがここにいたことを知れただけでお手柄だ。さすがだな、エイヴリル」

（つまり、今の黒い仮面の殿方は、ディラン様の今夜のお仕事に関わる重要なお相手だったということですよね）

どうやら、エイヴリルは知らず知らずのうちにディランの助けになっていたようだ。

成り行きで褒められてしまったが、ただエイヴリルはコリンナの元カレに捕まってさんざんチェスをしていただけである。

しかも、その元カレは仮面を外して毒気を抜かれている。もう絡んでくることもないだろう。

ほっと息をついたエイヴリルは、この部屋であったことをざっと説明する。

「いろいろありましたが、とにかく、コリンナはものすごい悪女だったということだけはお伝えしたく」

「は？」

「――〝家宝を奪い、取り戻しに来た人間を絆してしまう〟。私の妹は、一国を傾けかねないとんでもない悪女でした」

「なるほど。君には絶対真似《まね》できないな……」

「…………」

なんだか負けた気になってしまうのは悪女時代の名残だろう。

笑いを含んだディランの声を聞きながら、エイヴリルはちょっと微妙な気持ちで部屋を後にしたのだった。

大広間へ続く廊下をディラン、クリスと三人で歩きつつ、エイヴリルはさっきの男に渡された紙を取り出す。

（メモには文字が書いてありました。これは普通の手紙のように思えますが、暗号です）

何気ない内容に見えるが、これは見る人が見ればわかる『地図』だった。なるほど、「この紙に書いてある部屋へ」という言葉が添えられたのも納得である。

「ディラン様。実は、先ほどの方からお金のほかにこんな紙をいただいたのです。もし、ただ遊びに来たわけではないのならこの部屋へ行くようにと」

「見せてくれるか」

メモを渡せば、ディランはそれを真剣に見つめながら考え込んでいる。

「さっきの男――トマス・エッガーは、別室でターゲットであるアッシュフィールド家の主人と秘密の商談をしていたんだ。仮面をしているから決め手に欠けたんだが、エイヴリルがチェスで勝ってくれたおかげで誰なのかわかった」

「なるほど。地域通貨ですね」

「その通りだ」

先ほど、彼はチェスで負けた代償として金銭を置いていったのだが、その中に一枚の地域通貨が含まれていることにエイヴリルは気がついていた。

それは少し前の不景気の際に状況を回復させるため、一部の地域で発行された通貨。

じゃらりと無造作に置かれた金銭の中に偶然混ざってしまった地域通貨を見て、ディランは男がトマス・エッガーだと確信したのだろう。

「……しかし、このメモを読むと彼はこちら側の可能性もあるのか」

「ディラン様がいらしたところを見て、このメモをくださったことまで考えるとそう考えるのが自然ですね」

「ああ」

エイヴリルに手渡された紙に目を通すディランは真剣な表情をしている。

（先ほど私がチェスのお相手をした殿方はディラン様がお仕事の関係で目をつけていたお方。そして、実際には味方――私たちのようにアッシュフィールド家のきな臭い噂を調査されていた、ということでしょうか……？）

少々出来すぎな気はするが、なるほど、ということはこの紙に書かれた部屋には行ってみるだけの価値があるのだろう。

今日のディランの潜入は、このメモを手にしただけで十分な成果をあげたと言えそうである。

（ですが、ただの不正取引に関するものであればいいですが……何となくもっと面倒なものが関わっている気がします。そうなると、証拠は先回りをして消されてしまうのではないでしょうか）

改めて態勢を整え出直したところで、もう次はない可能性があるのだ。ということで、エイヴリルはぴっと立ち止まり聞いてみた。

「今そのお部屋に行ってみましょうか？」

「いやいい。今日はエイヴリルが一緒だ。君を危険な目には遭わせられない。この紙も私が管理する」

「……ですが」

エイヴリルは微笑みながら首を傾げ、人気《ひとけ》のない廊下の壁を手のひらで押した。

すると、壁は音もなく開いた。まるで引き戸か何かのように、スムーズに。

「あの、もう入り口を開けてしまいました？」

「エイヴリル。この紙に書かれているその部屋への行き方をいつの間に解読し暗記したんだ……？

しかも、そこを押すと開くことまでわかっていてやったのか」

「ふふふ、実家では無能と言われていた私の特技ですね。いくつかの詩の一節を引用したこのメモは普通にも読めますが、引用されている詩はどれも下の句がある珍しいものです。今はゆっくりお話ししている時間がない気がしますが、まだお聞きになりたいですか？」

「いや、いい……」

思ったことがそのまま口から出てしまうことがあるほか、わくわくしてつい話しすぎてしまうこともあるのがエイヴリルの悪いところだ。

でも、隠し通路を見つけてしまったのだから、好奇心が抑えられない。

ふふっと笑みを浮かべれば、ディランは呆れたようにため息をつきクリスは噴き出した。

しかし扉を開けてしまったのだから、行くしかない。

三人はその通路に足を踏み入れることにした。

ディランを先頭にして、エイヴリルたちは見知らぬ廊下を前へと進んでいく。窓も灯《あか》りもないそこは暗かった。

「このお屋敷を訪問したときからずっと不思議だったのです。こんなに大きくて華やかな外観なのに、内部が随分こぢんまりしているな、って。使用人専用の区域があると仮定してもこんなのおかしいです。今日使われている大広間や表の居室とは別に、もっとたくさんのお部屋があるはずだと」

「それがこの隠し部屋——、隠し棟か」

「はい」

ディランの表現は正しかった。暗い通路を抜けた先には、さっき仮面舞踏会や密談が楽しまれていた屋敷一階とほぼ同じ造りの別棟があったのだ。

(さっきまでいたところと全く同じです！　ですが、人の気配がありません。それにあまりよくないにおいがします)

きょろきょろと周囲を見回すエイヴリルの前後でディランとクリスが声をひそめて真剣に話している。

「ここは選ばれた人間だけが招待される場所のようだ。トマス・エッガーも通い詰めて選ばれたが、単身で乗り込まず、私たちを使ったというわけか。食えない奴だ」

「この辺、なんだか変なにおいがしませんか？」

(クリスさんが仰る〝変なにおい〟——ですが)

エイヴリルには心当たりがあった。

くんくん、と鼻を利かせながら首を傾げる。

「これは麻薬ではないでしょうか。こんなにおいがすると本で読んだことがあります」

「そのようだな。薄々予想はしていたが、これは本格的にまずい。上に報告して出直す必要がある。今日はここまでにして戻ろう」

（確かにそうなのですけれど……）

次に来たときにはもう証拠は残っていないかもしれないのだ。エイヴリルがそう思ったとき。


「――お三方。どちらへおいでですか」


丁寧だが、有無を言わせない強引な声かけに、エイヴリルはびくりと肩を震わせる。

声の主はいつの間にか現れた使用人だった。服装から見て、こちら側へ案内された人間に対応をする執事のようなものなのだろう。

ディランはさりげなくエイヴリルを後ろに隠してくれた。

「アッシュフィールド卿《きょう》に案内を受けた。今度の入札で足並みを揃《そろ》える代わりに、特別な見返りをもらえると」

「かしこまりました。まずは主人に確認してまいります。貴殿のお名前を」

「……ふん。この場で偽名以外を名乗るとでも？」

慣れた様子で躱《かわ》そうとするディランと、表情を変えずに上品な笑みを貼り付けている執事。

（ディラン様なら、私の助けなんてなくても乗り切れるとは思うのですが……）

どうせ、この執事が主人の元へ向かった瞬間に逃げることになるのだ。それならば、もう少し情報が欲しい。

（私は悪女。コリンナのように遊び慣れた、仮面舞踏会なんて慣れっこの悪女……！）

軽く目を閉じたエイヴリルは自分に暗示をかけた。

コリンナ、キャシー、と順番に思い浮かべた後、仕上げになぜかアレクサンドラが思い浮かぶ。未来の王太子妃に自分はなんてことを。申し訳なさを置いておいて、目を開ける。そうして。

「あらあなた。この男はともかくとして、まさか私の名前をご存じないっていうの？」

目を開いてそう告げれば、執事、ディラン、クリスの全員が固まった。

ディランたちと執事とでは別の意味だが、エイヴリルは気にしない。

「――教えてあげるわ。私の名前は悪女と評判のエイヴリル・アリンガムよ」

「……まさかあの、男から金銭を巻き上げることに長《た》けた田舎町の悪女ですか!? そういえば、今日のパーティーにお越しになっていると噂に」

チェスの勝負を受けまくったことがここでも役立つとは。感謝しかない。

「そっ……そう。私は、あの田舎町の悪女よ。仮面舞踏会で知らない殿方と踊ることも、行きずりの方とあっ……あああ朝まで遊ぶことも全部慣れっこなのよ！」

クリスが無理をするなとでも言いたげにトントンと肩を叩《たた》いてくるし、少し声がうわずってしまったのと同じタイミングで執事の瞬きが幾分増えた気がするが、もう引き下がれなかった。

（ちょっと様子がおかしいと思われている気がしないでもないですが、押し切りましょう……！）

無我夢中のエイヴリルは、ディランにしなだれかかる。

「この前ね、うちが没落しましてよ。ちょうどいい上客のリストを探しに来ましたの。詳しく説明すれば、ここの主人も興味を示すお話のはずだわ？　すぐに顧客名簿を持ってきなさい」

「は、はぁ」

要望の内容が意外すぎたらしい執事は間の抜けた声を出した。

（確かに、顧客名簿を持ってこいだなんて、おかしいと思うはずです。でも狙いはほかにあるからいいのです）

エイヴリルは開き直り、仁王立ちで追い打ちをかける。

「いいから、すぐに顧客名簿を持ってくるの。そこから私は次にお世話になる方を決めるんだから、早くなさい？」

「お世話になる方？　つまり、あなたは悪女なのに奉公先でもお探しだと……？」

「えっ」

お手本を思い浮かべ、それっぽく振る舞えはしたものの、会話の内容がついていかなかった。

しまった、と思ったものの、幸いなことに執事は田舎町の悪女を前にぽかんとしている。

そこへ天の助け、ディランが冷徹さを感じさせる声で言った。

「この通りうちの姫が顧客名簿をご所望だ。見た目通り、彼女はとんでもない悪女でね。機嫌を損ねると面倒なことになると思うが」

「ハッ。さ、さようで。確認してまいりますのでそのままお待ちください」

「いい？　〝こ、この私を待たせるんじゃなくってよ。わかったのなら走りなさいこの豚！〟」

「!?　かしこまりました……？」

仕上げに、実家にいた頃よくコリンナから投げつけられていた言葉を口にすれば、執事はヒエッと悲鳴をあげた後、心底不思議そうな顔をして走り出した。

仮面あってよかった。なんとか執事撃退に成功したようである。

安堵の息をつくと、笑いを堪えきれないクリスが褒めてくれる。

「今日は随分悪女っぽいですね？」

「しっかり勉強してきましたから」

実は、この仮面舞踏会に参加するにあたり特訓したのはダンスだけではないのだ。

（悪女が活躍する推理小説で予習はばっちりなのです）

満足感に包まれたところで、ディランに手を摑まれた。

「エイヴリルの機転で窮地は脱したが、あの執事はすぐに戻ってくるだろう。早くこの屋敷から脱出を」

「……ですが。今顧客名簿のお話をしたとき、あの執事は左上に目をさまよわせました。つまり、心理学的な面から考察するとこのフロアに顧客名簿があるはずです。そして、重要な書類は急激な環境の変化がない場所に保管されていることが多い……。ディラン様、脱出するのはそこのお部屋にお邪魔してからでいいでしょうか？」

エイヴリルはそう口にすると同時にお目当ての扉に手をかける。

（私の予想が合っていれば、ここに不正入札と麻薬取引に関わるリストがある気がします）

がくん、と手応えがあった。部屋の扉に鍵がかかっているのだ。

「やはり。このフロアは来客をもてなすことを前提としてつくられているようです。ほかの扉は空室を示すために開け放たれているのに、ここだけはなぜか鍵がかかっていますわ。このお部屋は位置的に温度変化が少なく書類の保管にも適しているのでしょう。今鍵を開けます」

「今鍵を開ける、ってどうやって？」

「こうしてですわ」

エイヴリルはおっとりと微笑むと自分の頭からヘアピンを一本取り、器用に曲げて鍵穴に差し込んだ。そうしてカチャカチャと動かす。

静かな廊下に沈黙が満ちる。それは鈍いエイヴリルにもわかる。二人から怪しい目で見られているのだ。

気まずくて、何となく弁解してしまう。

「えっと、実は、私はピッキングにハマっていたことがありまして、」

「「…………」」

ディランとクリスが揃って遠い目をしたのは気のせいだろう。ものの数秒で部屋の鍵は開き、三人はその部屋に忍び込む。

そこは一見すると普通の書斎のようだった。けれど、ひどく散らかった書斎である。執務机の上はもちろん、床にまで書類が積み重なっている。

「……エイヴリルをただの妻にしておいていいのだろうか、私は……」

「実際、ローレンスさんがめちゃくちゃ興味示してますよね。たぶん特命部隊として使いたいと思ってそうですけど」

「それ、どんなに頼み込まれても断るからな……」

ディランとクリスのやりとりを聞きながら、エイヴリルは書類の山を見渡す。

(木を隠すなら森の中、というのもありますが……。自分のお屋敷でこんなパーティーを開いているぐらいですもの。顧客の情報なんてそこまで重要に思っていないのでしょう。こういう話には同類が群がります。証拠を隠すのが大変なら、燃やして新たな顧客が集まるのを待てばいいだけの話ですから)

埃《ほこり》っぽいその中に、一つだけ埃がついていない山があるのを見つけた。

(……ありました……!)

上に載せられた数枚の紙を取り払うと、分厚い名簿が現れた。エイヴリルはそれを手に取った。

ずっしり重い。

「〝三年前のお屋敷設計計画書〟。一見へんてこな言葉ですが、異国の言葉にして並び替えると『機密顧客名簿』という意味になりますね。間違いありませんわ」

「なんて雑な隠し方なんだ。普通、金庫に入れるとかあるだろう?」

「ディラン様、この世界にはお片付けがお嫌いな人がたくさんいるのです」

思えば、コリンナもそのタイプだった。アリンガム伯爵家で働いていた頃、何度床に置かれたままの本やドレスを片付けたことか。

（……と、いけませんね。余計なことを考えている時間はありません）

　ぱらぱらめくるとそこに屋敷の設計図は一枚もなく、意味深な名前だけがずらりと並んでいた。間違いなく当たりである。

　ディランも同じことを思ったらしい。エイヴリルから名簿を受け取ると頷いた。

「上に提出し、調べれば一発だな」

「ということで、すぐにこのお屋敷から脱出しましょう。必要なものは手に入りましたから」

「ああ、エイヴリル、こちらへ」

　ディランにぐっと手を引かれる。守るような仕草にいつものエスコートとは違う力強さを感じどきりとしたところで、外が騒々しいことに気がついた。

　ついさっきまでしんとしていた廊下には数人の足音が響き「どこへ行った」「向こう側との通路を封鎖しろ」という声が聞こえている。

（ええと、これは……）

「どうやらバレたようだな。仕方がない。身分を明かす」

　ディランが身につけたままだった仮面を外した一方で、クリスが準備運動をしながら状況を分析する。

「五人ぐらいまででしたら私一人で楽に相手できますけど。問題は向こう側との通路を封鎖されたことですね。この広いお屋敷で、こちら側にいては出口もわかりませんから」

それを聞いたエイヴリルは元気に手を挙げた。

「脱出ルートでしたら、私が覚えております」

「？　どういうことだ？」

ディランは不思議そうだが、エイヴリルにとっては造作もないことである。おっとりと微笑むと走りやすいように靴を脱ぎ、ヒールを折りながら説明する。

「まず、このお部屋へ入ってきたときに使った扉は使用いたしません。こちら側の隠し扉を使用いたします」

「君に『なぜ隠し扉があることを知っているんだ』なんて聞くのは野暮なんだろうな。時間もないし」

「ふふふ。このお屋敷は綺麗に左右対称にできているようです。そしてここはちょうどその中心部。一つしかないお部屋です。このお部屋のつくり自体が左右対称になっていて、隠し扉があるはずです。向こう側の地図でしたら、仮面舞踏会に到着したときに館内案内図で覚えました。ということで、出口でしたら予想がつきます」

エイヴリルの返答に、ディランは顔を引き攣らせた。

「……メモの解読も心理学の知識も不思議でしかなかったが……。そういえば、最近推理小説を読んでいたな」

「はい。今日のために悪女が活躍する推理小説を読《よ》み漁《あさ》りましたし、そこに出てきた気になる知識は書斎で補いました。同じようなサスペンスな展開になり、正直なところとてもわくわくしています」

にっこりと微笑めば、ディランはため息をついた。

けれど、実家の家族がしていたようなエイヴリルを馬鹿にするものではない。自分を愛《いとお》しんでくれるものだと、もう知っている。

「——今日の私は、悪女としてディラン様のエスコートをするためにここにいるのです」

そう告げて、書架の不自然に新しい本が並んでいる場所をかき分けてみる。

すると、奥に隠し扉が現れた。予想通りそちら側の廊下は静かなようである。顔を見合わせたディランとクリスが無駄のない動きで扉の前から荷物を取り去った。

エイヴリルはその扉に手をかけながらにっこりと微笑む。

「この扉を出ましたら左へと走ります。角を右、左、右、最初の使用人専用通用口から外に。いいですか？」

——三人は走り、無事に脱出できたのだった。

ということで、エイヴリルは無事に『悪女』としてディランを仮面舞踏会でエスコートし、ついでに仕事のサポートをすることにも成功した。

コリンナの元カレに遭遇してしまったり、チェスの勝負を挑まれてしまったり、いつの間にかピッキングで鍵を開けることになってしまったりと予想外の出来事はたくさんあった。

けれど、概《おおむ》ね満足がいく結果だったような気がしてエイヴリルは達成感に包まれていた。

（一生懸命ダンスのレッスンを頑張りましたが、ディラン様と踊る機会がなかったことだけは残念です。でもきっとこれからいくらだって機会はあるはずです。そのときを楽しみに待ちたいと思います）

エイヴリルは近い未来、ランチェスター公爵夫人になるのだから。

第三章◆新しい依頼

数日後。ディランのところにはローレンスから手紙が届いているようだった。

もちろん、先日の仮面舞踏会での収穫については王城で直接報告しディランの手柄になったのだという。

その手紙はエイヴリルのことについても書かれているらしいが、ディランは絶対に見せないと宣言していた。

極めて渋い顔をしてものすごく嫌そうにローレンスからの手紙を読むディランを眺めながら、エイヴリルは仮面舞踏会でのことを思い出す。

（ディラン様は公爵様です。領地経営のほかにも特別なお仕事をたくさん抱えていらっしゃるのですね。つまり、またこの前のアッシュフィールド邸への潜入のように難しいお仕事があるのかもしれません。私は少しでもディラン様のお力になりたいです……！）

次もまた絶対にお供させてもらおう、そう決意していると、手紙を読み終えたディランが話しかけてくる。

「エイヴリル。アッシュフィールド邸での活躍はさすがだったし手紙でローレンスも褒めている。だが、私はエイヴリルを危険な目に遭わせたくないんだ。いくら王太子からの要請だったとはいえ、君を同行させたことを後悔している。次はもうないと思ってくれていい」

「いいえ。私はディラン様のお側《そば》でお手伝いができてとても楽しかったです。次もご一緒させてください」

エイヴリルの言葉に、ディランは頑《かたく》なに首を振る。

「……悪いが頷くことはできないな」

(それはそうなのですが。ディラン様は意外と頑固ですね)

言いたいことは十分に理解しつつ、エイヴリルはディランが頷いてくれないのが不満だ。その理由は『少しでも力になりたいから』だけではない。

仮面舞踏会に参加して以来、ある考えが頭をよぎってもやもやするようになってしまったのだ。

またその考えが思い浮かんで、しゅんとする。

「……ですが、私はまだディラン様と仮面舞踏会で一緒に踊っておりません。いくらお仕事とはいえ、ディラン様がどこかのご令嬢と親しく過ごされるのはさみしいのです。ですから、また機会があれば私が」

そうして無邪気に微笑んでみせれば、ディランは数秒固まった後、手にしていたローレンスからの手紙をくしゃくしゃと丸めて放った。

まるで、お手上げだとでも言っているかのようだ。

「…………そういうことを……本当に君は」

放られた紙をクリスが「うわマジですか」と苦笑しながら拾いに行く一方で、エイヴリルはディランの珍しく子どもっぽい仕草に首を傾げる。

「ディラン様。私、思うのです。あの日はファーストダンスができなくてよかったと」

「……そうなのか？　私は残念だったが」

頬杖《ほおづえ》をつき不満そうなディランに向け、エイヴリルはにこりと笑う。

「いいえ。私は、ディラン様と初めて踊るのは結婚式がいいです。ファーストダンスのお相手がディラン様で、しかもそれが結婚式だなんて、特別でとっても幸せな気がしますから」

「…………」

くしゃくしゃに丸まった手紙を拾い終えたクリスがニコニコと笑いながら書斎を出ていく。

それを合図に、ディランはエイヴリルを抱き寄せた。

本物の婚約者になったものの、こうしてディランがエイヴリルとの距離を詰めてくることはあまりない。

慣れない感覚にほんの少し緊張するものの、大切そうに扱ってくれる腕の中は、ひどく居心地がよかった。

言葉はないけれど、甘い空気の中、エイヴリルはふふっと微笑む。

（特別なファーストダンスなんてなくても、今も十分幸せですけれどね）

ところで、ローレンスからの任務では悪女になりきったが、普段のランチェスター公爵邸で過ごすエイヴリルは自然体だ。

皆に止められつつ掃除はするし、使用人部屋に入り浸るし、厨房《ちゅうぼう》でパサパサのパンも焼いてもらう。

この前は故障したボイラーの修理を手伝った。

うっかり夢中になって真っ黒になり誰なのかわからなくなってしまい、グレイスにドン引きされて遠慮がちに怒られたりもした。

ちなみに、ランチェスター公爵家のタウンハウスに仕える人間以外は、まだエイヴリルを悪女だと勘違いしている者も多い。

たとえば、たまに庭先で顔を合わせる新聞配達の少年はエイヴリルを興味津々な様子で見てくる。

ボイラー修理で真っ黒事件の日にはうっかりその格好のまま出会ってしまい、ご苦労様ですと声をかけたら飛び上がって逃げていった。

その話がどう巡り巡ったのか、街ではランチェスター公爵家の悪女はトラブルになった男や恋敵を敷地内で消しているのではという噂になったりもした。

ディランはカンカンになって怒っていたが、悪女が出てくる推理小説で勉強しているエイヴリルにはちょっと興味深い話である。

（ディラン様の優しさには感謝しています。ですが、私がサスペンスの主人公として街の噂になっているのは少し誇らしい気がします。面白いものですね）

そんなエイヴリルの日常に変化が訪れたのは、アッシュフィールド家での仮面舞踏会に潜入してから数週間後のことだった。

王宮のローレンスに呼び出しを受け、何やらまた任務を引き受けて戻ったらしいディランは明らかに不機嫌だった。

エイヴリルを書斎に招くと、極めて気が進まなそうに告げてくる。

「エイヴリル。今から告げるのはローレンス殿下の要望だ。エイヴリルに伝えろという命令を受けたから仕方なく言う。もし嫌なら断ってくれていい……というかむしろ全力で拒否してくれ」

「はい」

「私と一緒にランチェスター公爵領へ行ってくれるか」

「はいかしこまりました！　もちろんお供しますわ」

「！　……やっぱりか……」

エイヴリルが元気よく答えれば、ディランは頭を抱えてしまった。それとほぼ同時にクリスがお茶を運んできてくれる。

「ディラン様、エイヴリル様。まずはお茶でも飲んでゆっくりお話しになっては」

「……話せば話すほどエイヴリルがわくわくするのはお前もわかっているだろう？」

「まあまあ、そんなこと仰らずに」

クリスは、ため息をつきげんなりしているディランをなだめつつ、テーブルの上にティーカップを二つ並べてくれた。

それを眺めながら、エイヴリルはふんふんと思う。

（なるほど。お茶をグレイスやキーラではなくクリスさんが運んできてくださったところを見ると、これは秘密のお話なのですね）

この前の仮面舞踏会はとても楽しかった。

多少スリリングではあったが、誰かのために役に立てている感覚にわくわくした。

それに、ダンスを学ぶため先生といえる存在ができたこともうれしくありがたい。

（もしかして、私にとって『悪女になりきる』は天職な可能性があります。今回はどんなお仕事なのでしょうか！）

これはランチェスター公爵領で二度目の仮面舞踏会へのお誘いが来てしまうのかもしれない、と期待に胸が膨らんだところで、ディランが告げてきたのは予想とは違う話題だった。

「先日、アッシュフィールド家で麻薬取引に関わる名簿を見つけただろう？　あの潜入は不正入札の証拠を掴むためのものだったから、麻薬まで出てきたのは全くの偶然だった。しかし麻薬に関わることは重罪だ。ローレンス殿下はさらに詳しく調べてほしいと言っている」

（麻薬取引の捜査ですか……）

調査の結果、あの日、エイヴリルが見つけた名簿は予想通り不正入札と麻薬取引に関係するものだったことがわかった。

麻薬取引はよからぬ組織との繋《つな》がりを示す。

すでにアッシュフィールド家にはディランが提出した証拠を元に捜査が入っている。今後然《しか》るべき罰を受けることになるのだろう。

　悪女が活躍する推理小説にハマっているエイヴリルとしてはこの上なくわくわくする話題だが、今さら自分にできることはない気がして首を傾げる。

「……なるほど。ですが、さすがにそういったことは専門の方々がお調べになりますよね？　ローレンス殿下から直々にお願いされるほど、私が適任というわけではないかと」

「普通は、チェスで勝ち続けて相手の素顔を晒させ素性を知ることも、暗号を一瞬で解読し記憶することも、現状を躊躇《ちゅうちょ》なく判断する決断力も、ヒールを素手で折って数百メートルを駆け抜ける体力も、足のつま先のまめが潰れて血だらけになってもダンスを踊り続ける根性もないはずなんだがな……」

　遠い目をしたディランの言葉に、クリスもニコニコと頷いている。

「そんなご令嬢の話、聞いたことがないですね。もしいたとしたら潜入捜査にうってつけかと」

　褒めるのなら、もうちょっと華やかなところを褒めてほしい。

　若干困惑するエイヴリルだったが、ディランはそれ以上の困惑をもって続ける。

「件の麻薬の流通について詳しく調べていくと、ある人間が浮上したらしい。その人物の住まいはランチェスター公爵領にある本邸の別棟」

「……ランチェスター公爵領にある本邸の別棟」

　ディランの言葉に、エイヴリルは目を瞬いた。

（本邸の敷地内には、愛人の方々がお住まいになる別棟があるとお伺いしております。宮殿のよう

な場所だと）

　その宮殿に住んでいるのは、『辺境の地に住む好色家の老いぼれ公爵閣下』の名をほしいままにする、ディランの父親と愛人たちである。

　ディランは続けた。

「前公爵が最近別棟に招き入れた女の一人が、今回の名簿に載っていた隣国のとある男爵家の娘なのだという。招き入れたタイミングも含め、関わりがあるのではと疑われているらしい」

（なるほど。前公爵様の評判も含めて考えると、怪しまれるのも納得です）

　領地経営も貴族としての義務も放棄し、宮殿に引きこもる遊び人の爺《じじい》。

　有名な二つ名が一人歩きしている状態の前公爵ならば、疑念をもたれてもおかしくないし、万一当たっていた場合は貴族社会を揺るがす大スキャンダルになるだろう。

（ローレンス殿下はそれを揉《も》み消《け》せ、と？　いいえ、そんなことを命じるようなお方ではないし、万一そうだったとしてもディラン様が許さないでしょう。高潔なお方です。……となると）

「つまり、ランチェスター公爵領へは、前公爵様の潔白を証明しに行くのでしょうか？」

「一応はその通りだ。しかし、私は前公爵とそりが合わないし、潔白を証明するのもランチェスター公爵家のためだ。個人的にはとっとと捕まってほしいとまで思っているが……ローレンス殿下はぜひ君と行けと言っている。嫌なら拒否しても問題な」

「いいえまいりますわ」

　被《かぶ》せ気味《ぎみ》ににこりと微笑めば、ディランは諦めたようにため息をつき、背後で様子を見守っていたクリスは穏やかに笑ってくれた。

（だって）

「私、ディラン様と一緒にランチェスター公爵領に行ってみたかったのです。お屋敷を訪ねることはなくても、ディラン様が心を尽くす領地やそこにお住まいの皆様にお会いしたいと」

「……エイヴリル」

驚いたような表情のディランに、エイヴリルはさらに重ねた。

「そうだわ、ディラン様の瞳と同じ色の青い海も見てみたいです」

そこまで告げれば、つい数秒前まで憂鬱そうに見えたディランの眼差しが幾分やわらいだ。

「……まあいいか。今回は、私も純粋に楽しむことにしよう。エイヴリルには苦労はかけない」

無事、結婚式を挙げる前に領地入りが叶うようである。

役に立ちたいエイヴリルとしてはディランの「苦労はかけない」に頷くことはできないが、純粋に楽しみたいのは同じ気持ちだった。

（一つ気になるのは……ローレンス殿下は前公爵様のことを『すきものの老いぼれクソじじい』とお呼びになり、ディラン様に近づけたくないご様子でした。それなのに、このような調査を……。もしかして、私には何か役割があるのかもしれません）

――とにかく、エイヴリルが頑張って慣れない悪女を演じる機会はもうないはずだった。

第四章◆ランチェスター公爵領へ

ランチェスター公爵領は南の辺境の地にある。

馬車と鉄道を使い辿《たど》り着《つ》いたそこは、とんでもなく綺麗な街だった。

「さっきまで自然がたくさんあったのに……トンネルを抜けたら突然大きな街に出ました！」

まもなく駅に到着するらしく、汽車は減速しはじめている。その車窓から外を覗いて目を輝かせるエイヴリルに、ディランが教えてくれた。

「ここマートルの街は領地内で一番栄えていて、大体のものが手に入る。ランチェスター公爵邸はここから馬車で数十分のところにあるんだ。王都に比べれば利便性には欠けるが、決して不便なわけではない」

「ディラン様はこちらで子ども時代を過ごされたのですね」

「ああ、生まれたのは領地から遠く離れた母親の実家だがな。……ここにはいい思い出はあまりないが、それでも素晴らしい場所だとは思う」

家族への複雑な想いと領地への献身、込み入った事情を感じさせるディランの話し方に、エイヴリルは何も言わず微笑んだ。

（『辺境の地に住む好色家の老いぼれ公爵閣下』でいらっしゃるディラン様のお父様は、一体どん

な方なのでしょう）

　この話題は、二人の間でなんとなくタブーに近いものだった。

　エイヴリルとしては、ディランが自分から話してくれるのをただ待つばかり。けれど、それで十分な気もする。

　家族を崩壊させた父親を許せない気持ちは、亡き母を裏切っていた父親を持つエイヴリルにも痛いほどにわかるからだ。

（ところで、ランチェスター公爵領は今では辺境の地と呼ばれることも多いけれど、かつては公国として独立していた歴史もあります。その経緯から独自の文化や芸術が発展し、近代的なものを好む人々には距離を置かれていますが……ディラン様が仰る通り、魅力がたくさんの素晴らしいところです）

　今回の任務に少しだけ不安は感じるものの、この美しい景色と魅力的な領地のことを想像すれば、大体のことは何とかなると思う。

　おっとりと頷くエイヴリルの視界、車窓に動く街の風景にきらりと青いものが見えた。

「あっ……あれは！」

「海だな」

「初めて見ました！　本当に碧《あお》いのですね……！」

　興奮したエイヴリルが大きく声をあげると、ディランはふっと笑う。

「そんなに珍しいか。エイヴリルはこの旅行自体、随分楽しそうだな」

「大好きなディラン様が大切にしている街や人にお会いすることがすごく楽しみでしたから。私も……まだまだ及びませんが、気持ちだけは同じように大切にしたいです」

「その言葉だけで十分だ」

エイヴリルの向かいに座っているディランの声色が柔らかくなった。

ほんの少しだけどきりとして顔を上げれば、海風にふわふわと揺れていた髪を撫《な》でられた。よくわからないが、何だか甘い。

そんなことを思って目を瞬くと、エイヴリルの緊張を感じ取ったのか、ディランは空気を変えた。

「……海沿いはリゾート地になっているから今度案内しよう。港があって交易も盛んだが、あの辺は治安があまりよくない。私以外の人間と訪れる際は必ずクリスを同行させてほしい」

「なるほど、かしこまりました」

注意事項はきちんと覚えておかなくてはいけない。気持ちを切り替えて返事をしたところで、汽車は駅に到着する。

今回はエイヴリルとディランのほか、クリスとメイドのグレイスが一緒だ。

（領地のランチェスター公爵邸には、特別な別棟——愛人の方々がお住まいになる宮殿があるといいます。王都のタウンハウスにある別棟のように素敵な場所なのでしょうか……！）

しかしいけない。ディランにとってこの訪問はローレンスに頼まれた大事な任務なのだ。

何よりも、ディランは前公爵との間に確執がある。

好奇心旺盛なのはエイヴリル自身も認めるところだが、気を抜くと緩みがちになる自分の頬はこの場にふさわしくないだろう。

反省し、一生懸命奥歯を噛みしめているところで、ディランがおかしそうに話しかけてくる。

「エイヴリル」

「？　はっ、はい、ディラン様」

「楽しみなのを隠す必要はない。もし楽しかったら私を気にせずに馴染めばいいし、居心地が悪ければ王都に戻るといい。むしろそうしてくれ。そのためにクリスとグレイスを同行させたのだから」

（やはりそういうことだったのですね。ディラン様はいつだって用意周到で優しいお方です）

「ありがとうございます。ですが、きちんと役割を務めさせていただきますね！　愛人の皆様と前公爵様のお相手もしっかり頑張らせていただきます」

「……いやそういうことでは……ああ、まぁそれでいい……」

やる気をみなぎらせて微笑めば、ディランの笑みにほんの少しだけ不安が滲んだ気がした。

でもエイヴリルは気にしない。

くすくすと笑いながら本邸へと向かう馬車に荷物を積み込んでくれるクリスとグレイスの手伝いをして、自分も馬車に乗り込んだのだった。


ランチェスター公爵家の本邸に到着したエイヴリルは、ぽかんと口を開けていた。

（どちらの貴族でも、領地の本邸は王都のタウンハウスよりも造りも規模も豪華なものです。しかしこれは桁違いなのでは……!?）

王都のランチェスター公爵家の倍はありそうな大きさの白亜の宮殿が目前にそびえ立っている。

そこへ、数十人の使用人がメインエントランスに整列し出迎える様は壮観だった。

「旦那様、おかえりなさいませ」

「「おかえりなさいませ」」

「!?!?!?」

見事に揃った声に、エイヴリルはびくっと飛び上がってしまいそうになる。

（ランチェスター公爵領の規模や管理している資産、これまでの歴史から、王族並みのお城にお住まいとは予想していましたが、まさかここまでとは。外出や散策も気軽にとはいかなそうですね……）

馬車から降りた後、屋敷の中までエスコートしてくれるディランに、こそっと聞いてみた。

「あの、ディラン様。門からここまでかなり時間がかかりましたね……？」

「敷地が広いからな。敷地内を散策するときは馬車を頼むといい」

「敷地内を馬車で！」

「明日以降、落ち着いたら別棟の方も案内しよう。だが、到着してすることが多いんだ。悪いが、母屋の案内はグレイスに頼んでもいいか？」

「もちろんですわ」

（……わくわくします……って、いけません）

今回、エイヴリルはローレンスからディランの仕事をサポートすることを頼まれているのだ。

この訪問は決してお遊びではない、と気合を入れ直したところで、使用人たちからひやりとした視線を感じた。皆、慇懃《いんぎん》に振る舞っているがどこか値踏みするような空気を感じる。

(悪女エイヴリルの噂はしっかりここにも届いているようですね。ですが、王都のタウンハウスに到着した日にグレイスしか出迎えてくださらなかったことを考えると、状況はそんなに悪くありません)

エイヴリルは彼らに穏やかな視線を送った後、上機嫌で屋敷に足を踏み入れたのだった。

ということで、到着してすぐ、ディランは家令から不在中の報告を受けるため別行動することになった。

客間に案内されたエイヴリルはすぐに楽な格好に着替えると、窓の外を眺める。

「わあ！　このお屋敷のお庭はとっても広いですね。グレイス、一緒に散策しませんか？」

「いいですが……。エイヴリル様、その前にそのドレスはどうされたのですか」

「え？　だめでしょうか」

きょとんと首を傾げれば、グレイスは呆れたように顔を引き攣らせた。

「ご実家からお持ちになったお気に入りのドレスなのはわかりますが、少し年季が入りすぎです。次期公爵夫人としてここでお過ごしになるには向いていないかと」

「すみません……自然がいっぱいのところで過ごすには『動きやすいドレス』がちょうどいいかと

思いまして」

さっきエイヴリルが着替えたのは、アリンガム伯爵家時代からよそいき用として大切にしてきたクリーム色のドレスだ。

確かにところどころ年季を感じさせるが、デザインとしてはそこまで古くないし気に入っている。

いつもはエイヴリルを温かく見守ってくれているグレイスだったが、今日はどうしても納得がいかない様子だ。ぷるぷると震えながら聞いてくる。

「というか、その『動きやすいドレス』、鞄《かばん》からこっそり抜き取ったはずなのですが、どうしてお持ちなのですか……!?」

「あら、気がついたらクローゼットの奥の箱の中にしまわれていたので、詰め直しました」

「……」

そういうことだった。

（ですが、私は次期公爵夫人としてここに来ているのですから、グレイスが言うことはもっともです。また着替え直しましょう……）

ディランと結婚することに決めたのだから、ふさわしい振る舞いが必要だ。

しゅんとしてさっき持ってきたドレスをかけ終えたばかりのクローゼットを開けると、グレイスの呆れたような声がした。

「わかりました。これからお庭を散策に出かけるのですから、その『動きやすいドレス』が一番適しているかもしれません。ですが、今日だけに留《とど》めてくださいませ」

「グレイス……！」

エイヴリルは優しいグレイスが好きだ。

初対面の日、箒《ほうき》を持ったまま出迎えてぬるいお茶を淹《い》れた彼女だったが、今ではこんなに仲良くなっている。

それを思えば、この本邸で誤解を解くことはそう難しくないような気がしていた。

――その、数十分後までは。


（いけません。迷ってしまいました）

数十分後、エイヴリルは広い敷地内にあるバラの生け垣の中を一人でさまよっていた。

今日はいいお天気だが風が強い。

エイヴリルが被っていた帽子が飛ばされてグレイスが拾いに行ってくれたのだが、なかなか戻ってこなかったため探しに行ったところ、迷子になってしまったのだ。

（道なら、一度見れば覚えられるのですが……ここのお庭はお花も木も美しく揃えられていてすべてが同じ景色に見えます）

しかも、歩いているうちに件の別棟の方まで来てしまったのだ。

（別棟は後日ディラン様が案内してくださると仰っていました。そちらで暮らす皆様方に勝手に接触するわけにはまいりません。これ以上、近づかずに母屋の方に戻りましょう）

そう思って方向転換したところで、声をかけられた。

「ねえ。あなた、新入りよね？」

声の主はブラウンの髪をひとまとめにし、メイド服を着た使用人だった。

シーツの入ったカゴを持ち、不機嫌そうにこちらを見ている。

「……ええ、まあそのようなものです」

ランチェスター公爵家の一員としても、この本邸の一員としても一応は新入りで間違っていない。

とりあえずうやむやにしつつにっこりと微笑めば、彼女はシーツの入ったカゴを地面に置くとエイヴリルの手をがっしりと摑んだ。

「――〝今日の新入りはクリーム色のドレスを着たいいとこのお嬢さん〟よね。遅いわよ!?　洗濯の手が足りなくて困ってたんだから！　ほら、そんなところでお上品にボケッと突っ立ってないで行くわよ！」

「……!?!?」

エイヴリルはがしっと手を摑まれ、誤解を解く間もなく引っ張られていく。

「あなた、没落した貴族のお嬢さんなんですってね。大変だったわね、今回のことは」

「!?　ええ、そうといえばそうですけれど」

（明らかに人違いに思えるけれど、私も実家がわりと最近没落しましたね……！）

その本人との思わぬ共通点に目を瞬くと、洗濯メイドはすらすらと続ける。

「大丈夫。ここの別棟で働く人間は口が悪い人もいるけど、皆何でも教えてくれるから。箱入り娘らしく白魚のような手をしていても問題ない……ってええっ？　意外とそうでもない!?」

「あの、私お洗濯は少し得意でして」

摑んだエイヴリルの手の感触は彼女の予想とはちょっと違ったらしい。

そのうえ、答えまでずれていたらしく勢いが弱まった。

「……ふーんそうなの？　でも今日みたいな遅刻はいただけないわね。奉公先では第一印象が大事。気をつけなさいよ！」

「はい申し訳ありません！」

「あら素直ね。今日来る新人は貴族のお嬢さんって聞いてたし、時間になっても来ないし、ひどいもんだと思ったけど意外と使えるかも」

（あっ……ついお返事をしてしまいました）

しまったと思ったがもう遅かったかもしれない。

しかし何となく状況は摑めた。

今日、ランチェスター公爵邸の別棟には新しい使用人がやってくることになっていたのだろう。

その彼女は最近没落した貴族のお嬢さんで、箱入り娘だった。

だがその彼女は待てど暮らせど来ず、逃げたと思われていたところに偶然現れたのが若干くたびれ気味のドレスを着たエイヴリルだったようだ。

（偶然、状況などが全部一致してしまったようです。お気に入りの過ごしやすい服を、などと言わずグレイスの言うことを聞いていればよかったです……）

エイヴリルが自分の振る舞いを後悔する一方で、なぜか洗濯メイドはエイヴリルのことを気に入った様子だった。

「私はジェセニア。別棟で洗濯メイド長を務めているの。あんたのことは私の下につけてあげる。この手、気に入ったわ」

「いえ私は」

さすがに人違いは訂正しないといけない。けれど、ジェセニアは思い込みが激しいタイプのようだった。

「知ってるわ、あんたはクラリッサでしょう」

「いえ違います、私はエイヴリルと申しまして、」

「ああ、それは洗礼名ね？　信心深い家柄だって聞いたことがあるわ。家名がなくなったことを気に病んでいるのね。大丈夫、ここはとってもいい仕事先だから！　大旦那様のお手つきになれば中でだって暮らせるわ」

「……!?」

（お、大旦那様のお手つき、でしょうか……？）

いろいろな勘違いと誤解を何とかしたいところだったが、まさかの話に訂正を忘れてたじろいでしまう。

「まあ、私はすきものジジイには興味がないけど。いい暮らしをしたい子はうまくやってるわよ？自分の部屋をもらえるし、お給金の何倍ものお小遣いをもらえるの」

「…………」

あまりの次元の違いに、頭がクラクラしてきた。

しかしジェセニアがけろりとしているところを見ると愛人たちが暮らすこの別棟では日常的な会話なのだろう。

動揺し何も答えられないでいると、ジェセニアはエイヴリルの顔を覗き込んで目を丸くした。

「あら。あんた、かわいい顔してるわね。さすがお嬢様育ちって感じ。大旦那様に気に入られて裕福な暮らしをしたかったら見込みがあるわよ」

「いえあの私は」

「あー、気に入られて囲われるのは嫌なのね。それなら気をつけなさい。あの方は清廉でお淑《しと》やかな女性がお好きみたいだから」

「!?　はい！」

とりあえず返事をしてみたものの、ここでの滞在にはすでに不安しかなかった。

久しぶりの領地入りで忙しいはずのディランが、わざわざ時間を作ってこの別棟に同行してくれようとしているのも納得しかない。

（大旦那様――ディラン様のお父様は悪女とは対極のところにいる女性がお好みなのですね。意外すぎますし、なんというか……この別棟は私の手には負えない場所な気がします……）

いろいろな情報にあわあわとするばかりのエイヴリルだったが、気がつくと使用人専用の更衣室に連れてこられていた。

「さあ、このメイド服に着替えるのよ」

「かしこまりました」

メイド服を流れるように手渡されたのでさっさと着替えると、ジェセニアは少々面食らった様子だった。

「早っ!?　貴族のお嬢様って自分で着替えられないんじゃなかったの？　少なくともここの愛人はそうよ!?」

「普通はそうなのかもしれませんが、私は少し変わっている部類とよく言われまして」

「しかも似合うわね。庶民的なメイド服を完璧に着こなしてる」

「お褒めに与り光栄です」

貴族令嬢が好んで身につけるような華やかなドレスに縁ができたのはわりと最近の話である。

「庶民的なメイド服を完璧に着こなしてる」を素直に褒め言葉と受け取ったエイヴリルがにこりと微笑めば、ジェセニアは心底不思議そうな顔をして別の部屋へと案内してくれた。

狭い使用人用の廊下を進んだ先にあったのが洗濯室。

そうして、エイヴリルの前にはいつの間にか洗濯用の大きな洗《あら》い桶《おけ》が置かれていた。

「今日はこのピローケースを洗えば終わりなのよ。でもね、洗濯メイド長のこの私をもってしてもなかなかの困難さで！　石鹸《せっけん》でも臭いがとれないから、こすり洗いをした後熱湯に浸《つ》けておいたんだけど、どうかしら」

洗い桶を覗き込んでいるジェセニアの隣にしゃがみ込み、エイヴリルも桶を見てみる。

「臭いがとれない、ってどんな臭いでしょうか？」

「これはね、大旦那様のピローケースなのよ。毎回苦労するの」

(なるほど)

これ以上の説明はいらないだろう。すんなり察したエイヴリルは聞いてみる。

「重曹は試されましたか？」

「重曹って厨房で使うあれ？　何言ってんのよ。今は洗濯なの。お菓子を焼くわけじゃないのよ？これだからお嬢様は」

「もちろん承知しております。ですが、重曹は脱臭にも使えるんです。私もお洗濯のときにはよく厨房から拝借を」

「へーえ。没落した貴族のお嬢さんって本当に苦労しているのね。社交界では絶対に必要のない変な知識ばっかり増えちゃって、同情するわ」

「……」

それはもう本当にそうだと思う。

わずか数分後、ジェセニアは厨房から重曹を取ってきた。馬鹿にしつつも一応は試してみてくれるらしい。

それを、熱いお湯に溶かしてピローケースを浸けておく。

その間にシーツやタオルなどを裏庭に張ってあるロープに吊《つ》るして干し、数時間後にもう一度見てみれば、なんだかいい感じに洗い上がっていた。

それから裏庭に張ってあるロープに吊るして干す。

アリンガム伯爵家でもよくこなしてきた、なつかしい洗濯の光景だった。

風にヒラヒラとゆれるピローケースを見ながら、ジェセニアは満足げである。

「すごいわ。なんか、黄色かった布が真っ白……」

「臭いに関しては乾いてみないとまだわかりませんが、期待は大きいですね！」

（よかったです。予想外のお誘いでしたが、お役に立てて何よりでした）

自分の役目は終わった。ではこれで失礼しますと丁寧なお辞儀をし、帰ろうとしたところでまたがしっと手を掴まれた。

「どこへ行くのよ？　仕事の後はお茶でしょう？　やあねえ。あんたが新入りだからって仲間外れにしないでちゃんと誘ってあげるわよ!?」

（そうでした。きちんと誤解を解いておかないといけません）

今日入る予定だったらしい新人メイドに間違われていることを思い出したエイヴリルは、改めてもう一度名乗ることにした。

「いえ、実は私はエイヴリル・アリンガムと申しまして」

「それにしても、クラリッサは随分慣れてるわねえ。貴族のお家からここに連れてこられる子たちは、皆大旦那様に取り入ることしか考えてないから、こんなふうに真面目に仕事するなんて意外だわ」

「いえ私の名前は」

「早く行きましょう。お茶のために沸かした熱湯がなくなっちゃうわ！」

ジェセニアは本当に思い込みの激しいタイプのようである。エイヴリルが名乗ったのを完全に聞き流してぐいぐい休憩室へと案内してくれる。

（困りました……ですがジェセニアさん、新人のメイドが馴染みやすいように気遣いをしてくださっているのですね。公爵家で働く方はやはりさすがです）

思い込みに関しては、エイヴリルの方も相当なものだった。


メイドたち用の休憩室は一階の奥、厨房の隣にあった。

王都のタウンハウス同様、母屋と別棟で働く使用人が分けられているところを見ると、休憩室すらもたくさんあるのだろう。

中では、先輩メイドたちがお茶菓子を前に噂話に花を咲かせていた。

「あら、その子例の新人？　没落した家から放り出されたお嬢様っていう」

「そうなの。こう見えてなかなか悪くないのよ」

「はじめまして。どうぞよろしくお願いいたします」

先に休憩室でお茶をしていたメイドたちがエイヴリルに声をかけてくれる。ついつい流れで挨拶をしてしまい、目の前にお茶が置かれたところでその話題が始まった。

「……で、見た？　ディラン様……新しい旦那様の婚約者！」

「見てないのよぉ。でも、部屋から消えたって母屋の方が大騒ぎみたいよ？」

「!?」

お茶を噴き出すすんでのところで堪えられてよかった。

（これは、間違いなく私に関する話題ですね）

しかし、どうしましょうと瞬きを始めたエイヴリルに、メイドたちの誰一人として気がつくことなく会話は進んでいく。

「とんでもない悪女っていう噂よね」

「部屋から消えて一体何をしているのかしらねえ。こんな辺境の地では王都みたいな遊びはないでしょうし」

「でも見つけたとしても放っておかなきゃ。そんなのと関わったって知られたら、ここでの私たちの立場が危ういもの」

「そうね、それがいい」

（どうしましょう……折を見てもう一度名乗りたいと思っていたのですが）

これでは無理だった。

つまり、エイヴリルはこのまますんとした顔でお茶を飲み続けるしかない。

「でもさぁ、ちょっと憧れない？　有名な悪女ってことは、大旦那様なんて眼差し一つで撃退するのよ？」

「母屋のメイドも悪女になるコツを教わりたいと言っていたわ」

「みんな切実よねえ。ここは条件がいいけど、大旦那様に気に入られたくない人間にとってはやっかいだもの」

「だけど私、ディラン様を見直したわ。ただ綺麗な顔をしたお坊ちゃんだと思っていたけど、大旦那様とは違うタイプの女性が好みなんだなって。大人しい清楚《せいそ》なお嬢様よりも刺激的な悪女が好きなんてギャップがちょっとよくない？」

「「「わかるーーー！」」」

休憩室のメイドたちはどんどん盛り上がっていく。一方で、エイヴリルは自分に求められる役割を分析していた。

（つまり、皆様私が噂通りの悪女であることを期待されているのでしょうか。ディラン様の評判を保ちつつ、大旦那様に嫌われるためには悪女でないといけないということでは……!?）

当然ほかの選択肢も間違いなくたくさんあるのだが、今のエイヴリルにはそれしか頭になかった。

（ちょっと信じられませんが、捨て置くことはできません。だって、こういうメイドの皆様がお持ちの情報こそ真実なことが多いんだもの）

そんなことを考えながら、エイヴリルはメイドキャップをきゅっと引っ張ったのだった。


無事に洗濯の手伝いとメイドたちによる井戸端会議の時間を終えたエイヴリルは、ジェセニアによって使用人用の部屋が並ぶ棟へと案内されていた。

悪女と関わりたくないという彼女の立場を考えれば名乗ってはいけないことは理解していたが、今が最後のチャンスに思えた。

「ジェセニアさん、私はそろそろこの辺で失礼いたしたく」

「あら!?　そんなこと言ったって自分の部屋がわからなかったら失礼も何もないのよ？　ここではねえ、狭いけど一人部屋なのよ。気を遣わなくったっていいんだから」

「いえ、私の名前はエイヴリルと申しま」

「ほーらっ。ここがあんたの部屋。なかなかでしょう？」

なんとか隙を見て「エイヴリル」まで口にしたところで、案の定言葉を被せられた。

そうしてジェセニアは勢いよく目の前の扉を開け、エイヴリルの前には簡素な部屋が広がった。

（困りました。全然私の名前を聞いてくださらない……）

「ここは……？」

「クラリッサ——あんたのお部屋よ。貴族令嬢時代に比べたら狭くってクローゼット以下の広さかもしれないけど、ちゃんと個室よ。今日は初日だし、あんたは優秀だってわかったし、この辺でおしまいにしてあげる。ゆっくり休みなさい」

「あの」

ジェセニアは得意げに言うと、エイヴリルの言葉は聞かずそのまま出ていってしまった。

一人、残されたエイヴリルは部屋の中を見回す。

奥行きに対して幅が狭い、細長い部屋だ。中には簡素なベッドに寝具。簡単な木の机と椅子に備え付けのクローゼット。

（ここは、アリンガム伯爵家でキーラと過ごしていた部屋に似ていて懐かしいです）

ディランの父――前公爵は、評判からは想像がつかないほどに、この離れで働く使用人へ手厚くしているらしい。

一般的に、住み込みで働く使用人には相部屋が与えられることを考えると、首を傾げずにいられなかった。

（ローレンス殿下に麻薬取引への関与を疑われたとき、ディラン様はお父上を疑う素振りすらありませんでした。つまり、お人柄は信頼していないものの犯罪に手を染める方だとは思っていらっしゃらない）

王都でもその話を聞いた際にうっすら思ったことだったが、やっと現実味を帯びてくる。

加えて、もう一つの疑問も湧き上がる。

（それに……本当はこの部屋で過ごすはずだったクラリッサさんはどこへ行ってしまったのでしょうか。皆様の話を聞く限りでは、到着予定時刻をとっくに過ぎているようですが。――って、いけません。戻らないとグレイスが心配しています）

エイヴリルはとりあえずメイド服からさっきまで着ていたドレスに着替え、いそいそと母屋の方へ向かったのだった。


その日の夕食の席についたのはディランとエイヴリルだけだった。

「……前公爵は明日まで遊びに行っているらしい」

「遊びに」

「ああ。遊びに行った先で気に入った女がいれば連れ帰る。いつもそうだ」

空席に視線をやりつつ、ディランは諦めたようにため息をつく。

その口ぶりからすると『遊びに行く』がエイヴリルの想像するものとは何となく違うことが想像できるが、はっきりした答えがわからない。

とりあえず神妙な顔で頷きやり過ごせば、ディランは手にしていたカトラリーを置いた。

「……それで、エイヴリルは今日一日、一体どこで遊んでいたんだ？　グレイスをはじめ、母屋の使用人たちが心配していたが」

「ええと、それは」

「噂で聞いたんだが、別棟に優秀な洗濯メイドが入ったらしい。普段は使わない重曹を使って洗濯物を綺麗に洗い上げたものの、元貴族令嬢らしく立ち振る舞いは楚々としたものだったと」

「まあ、それはそれは」

「ここは母屋と別棟で使用人の仲が悪い。それなのにその日のうちに情報が入ってくるとは、なかなか珍しいことだと思わないか？　相当、その新人が優秀だったということだ」

「あらまあ」

ごまかすために首を傾げてみたものの、話題のメイドは間違いなくエイヴリルのことだし、ディランは明らかに笑っている。

わかっていて問いかけているのは明白だった。

（今、ディラン様は母屋と別棟で使用人の仲が悪いと仰いました。つまり、情報の共有はされにくいはず。別棟の様子を探るにはメイドとして潜入するのもありな気がします）

はっきりと認めてしまえば、ディランの立場上、やめなければいけないのはわかっている。ということで、ここは何となくふんわりとかわす必要があるだろう。

「実は……今日一日、とても楽しかったです。ですが、皆様にご心配をおかけして申し訳ございませんでした」

肯定はせず、ただ頭を下げればディランの表情は柔らかく緩んだ。

「で、洗濯は楽しかったのか？」

「はい、それはもう。合わせて、大旦那様の性癖についても調査できましたし」

「ちょっと待て。その言葉を君に教えたのは誰だ」

若干焦り出したディランの前で、エイヴリルは得意げに微笑む。

「ディラン様の女性の好みも褒められていましたわ。大旦那様とは違うと」

「……それに関しては自分でも趣味がいいと思っている」

「ええ、皆様、ディラン様が刺激的な悪女をお好きなことをとても褒めていらっしゃいました」

「……いや、それは話が違ってくるな……」

ディランがなぜか遠い目をしたのと同時に、少し離れた場所に控えていたクリスが噴き出すのが聞こえた。

食後の紅茶を飲みながら、エイヴリルは楽しかった一日のことを反芻《はんすう》する。

（いろいろと予想外なことはありましたが、今日はとてもいい一日でした。あとは、大旦那様と本当のクラリッサさんがこのお屋敷に到着するだけです）

第五章◆メイド・エイヴリルによる捜査

残念なことに、翌日、屋敷に到着したのは新人メイドのクラリッサではなかった。

ディランと同じ銀色の髪に、ディランよりも深い青色の瞳。背格好までディランにそっくりのその人は、後ろ姿だけなら見間違いそうなほどディランそのものだった。

ディランによく似ているにもかかわらず、目元のクマが目立ち、艶のない肌に無精髭《ぶしょうひげ》を生やしている。その見た目は日頃の怠惰な生活をそのまま表しているようで、全く好感が持てない。

事前の知識ではエイヴリルより四十歳ほど年上とのことだったが、外見からはもう少し歳《とし》を重ねているように見えた。

（ブランドン・ランチェスター。ディラン様のお父様で、いわゆる『好色家のおいぼれ公爵閣下』の二つ名で知られているお方ですね）

前ランチェスター公爵でありディランの父親でもある彼は、ディランから婚約者として紹介されたエイヴリルを前に鼻で笑う。

「エイヴリル・アリンガムだったか。ひどい悪女だと聞いたぞ」

「はい、その通りにございます」

明らかに馬鹿にされているが、この場で否定するのも面倒なのでエイヴリルは肯定してにこりと

微笑んだ。

ディランが忌々しげに「どうやら大きな誤解があるようだ」と割り込もうとしたが、わずかな差、前公爵は偉そうに言い放つ。

「見た目は悪くない。もう少し淑女らしくかわいい態度をしていればかわいがってやったものを」

「彼女をあなたにかわいがってもらう必要はないし、紹介するのも今日のこれきりだ。ランチェスター公爵領への滞在中は別々に過ごす。あなたはいつも通り離れに籠っていればいい」

「ふん、若造が。家督を譲ったからといって偉そうにするな」

「譲られたのではなくローレンス殿下に助言を受けたからだ。私は、公爵でい続けることよりも領地の別棟で遊び呆ける人生を選択したあなたを軽蔑していますよ」

(……これは)

ほんのわずかな会話を聞いただけで、二人のそりが合わないのは一目瞭然だった。

この応接室に控えている数人のメイドも執事も、いつもは大らかなクリスでさえ、緊張感を漂わせているのを感じる。

けれど、ピリピリとした空気の中エイヴリルはおっとりと首を傾げた。

(お二人の関係はもとよりお伺いしていた通りですが……。前公爵様が清楚なご令嬢がお好きだというのは、昨日離れのメイドの皆様に聞いた通りですね。ここで動きやすくするため、私は悪女でい続ける必要があります)

納得できたので徐《おもむろ》に立ち上がる。前公爵は不機嫌そうに顔を顰め、一方ディランは訝《いぶか》しげな視線を送ってきたが、気にするところではなかった。

悪女然としたエイヴリルはつんとして言い放つ。

「かわいい態度とはどのようなものでしょうか。……そうですね、このような感じでしょうか？」

目の前にはティーセットがある。コリンナなどは気に入らないことがあればカップとソーサーをセットで目の前の相手に投げつけて割っていたし、アレクサンドラは悪女ではないがリンゴを手で握り潰していた。

これは、小道具としてちょうどいいだろう。

そう思い勢いに任せてティーカップを手にすれば、エイヴリルを悪女だと誤解し、動向をうかがっているらしいメイドたちの間にも緊張が走る。

しかしその瞬間、カップがしっかり目に入ってエイヴリルの動きは止まった。

（これは……普通の真っ白なティーカップだと思っていましたが、老舗ブランドの一級品ですね……いえ、ランチェスター公爵家で使われている食器やカトラリーに安価なものはないのですが、その中でもこれは特別に素敵な）

「ムイセンのカップ……」

間違いなく割るのはもったいないなかった。

つい声に出してしまうと隣のディランが立ち上がったのがわかった。スッとエイヴリルの手元からカップを抜き取ると、意外な言葉を繰り出してくる。

「……なるほど、汚れが残っているのか」

「？　いえ、その……とても綺麗に磨き上げられていて、さすがに公爵家だと」

「加えて、ヒビも入っていたのか」

「？？？」

　ディランはこのカップに不備があったように誘導しようとしているが、ランチェスター公爵家の完璧な使用人たちがそんな失態を演じるはずがない。

　一体どういうことだと考えを巡らせれば、あることに気がつく。

（もしかして、ディラン様が悪女のふりを手伝ってくださっている……!?）

　ちらりと隣を見上げると、ディランの方もチラチラとこちらを見ている。それは「やっていい」という視線に思えた。

　しかし割れない。エイヴリルに、こんな高級で素敵なカップは割れないのだ。

（どうしましょう。こんな素敵なカップを投げることも叩きつけることも憚《はばか》られますし、何よりも危険です。ですが、悪女ならできなくてはいけません）

　エイヴリルの葛藤を察したらしいディランは、微妙な間をあけると、そのまま自分でカップを放った。

「今の言葉といい、このもてなし方といい、あなたは私の婚約者を侮辱したいようだ」

　ガシャン。

　放られたカップはテーブルの上で真っ二つに割れ、その小さな破片が前公爵に向かって飛んでいったのが見える。

（あっ！　これは、いけません！）

さすがに破片は危ない。

反射的に動いてしまったエイヴリルが前公爵を勢いよく突き飛ばせば、彼は椅子からすべり落ちた。

当初の意図とは違うが、結果的にエイヴリルは前公爵を跪かせることに成功した。

エイヴリルの足元に跪く『好色家のおいぼれ公爵閣下』。

悪女っぽい構図の完成である。

「痛っ……って、なんだ、お前は」

（も、申し訳ありません……！　ですが結果オーライです）

床に尻もちをつき目をぱちくりさせている前公爵に向け、この状況に便乗したエイヴリルは一言告げておく。

「私は田舎町でも王都でも有名な悪女ですわ。あなたにかわいがってもらう必要はないし、ここでも好きに過ごさせていただきます」

「……はぁ……？」

「ディラン様、まいりましょう」

（これで、前公爵様はもう私とディラン様に関わろうとはしないはずです）

父親に冷ややかな視線を送るディランを伴いながら応接室を退出しようとすれば、控えていたメイドや執事たちがサッと道をあけた。

そこを、精一杯つんとした顔で通り過ぎる。

「……あの婚約者もだけど、子どもの頃からおりこうさんだったディラン様が……ワイルド……」

誰かの呟きが耳に届いた気がした。


前公爵にエイヴリルを紹介し終えたディランは、領主としての仕事に戻ってしまった。

本当であればここで離れの愛人たちや使用人にエイヴリルを紹介してもらうべきところだったが、『優秀な洗濯メイド』の評判を知ったディランはあえて先送りにした。

(つまり、もう少し潜入して調べてほしいと。ディラン様の意図はそういうことですね)

勝手に納得したエイヴリルは、昨日着ていた少しくたびれ感のあるドレスに袖を通し、よしっ、と気合を入れる。

「エイヴリル様。どちらにいらっしゃるのですか?」

「わぁっ」

背後に立ったのはグレイスだった。

まるですべてをお見通しというような表情でこちらを睨んでくる。

「まさか二日連続で迷子になることはありませんよね?」

「いえそれがあの、私を心配している人がいる気がしまして」

「どちらにでしょうか」

「……向こうに、です」

窓の外に見える離れを指差せば、グレイスはわかりやすく顔を引き攣らせた。

「もう。〝離れに現れた救世主〟ってやっぱりエイヴリル様だったのですね!?」

「救世主……これはまたとっても素敵な二つ名を」

「例のピローケースは洗濯メイドだけでなく、離れで働く人間皆の悩みだったといいますから。ちなみに、王都のタウンハウスでもその臭いは有名でした。使用人皆を救ったエイヴリル様にふさわしい、当然のお名前です」

「そんな。お役に立ててうれしいかぎりです」

本当にありがたく恐縮ですではこれで、とひらひら手を振りながら部屋を出ようとしたが、グレイスは道を譲らなかった。

「私は王都のタウンハウスにしかお仕えしたことがありませんが、噂では領地の本邸では母屋と離れの使用人同士の確執があると何度も聞いてきました。ですから、たとえディラン様が見逃していらっしゃるとしても、エイヴリル様が向こうに出入りすることをお止めしないわけにはいきません」

そうして、ずんと前に立ちはだかる。

(ああ……グレイスは今回の訪問の目的を知らないのですよね……)

エイヴリルたちの今回の訪問の目的は、離れに最近入ったある男爵令嬢について調べるためである。けれどそれを知っているのはエイヴリルとディラン、クリスだけだ。

ただのメイドであるグレイスには知らされていない。

経緯からすれば、グレイスがエイヴリルのことを心配してくれるのは当たり前だった。その心配の裏にある事情が気になって、聞いてみる。

「母屋と離れで使用人の仲が悪いのはどうしてなのでしょうか？」

「離れにいる使用人は皆『大旦那様のお気に入り』です。王都のタウンハウスも昔はそうだったらしいですが、ディラン様が成人されてからはだいぶ変わったようです」

「なるほど。離れで働く人々が優遇されるから母屋の皆様の反発を生んでいるのですね」

「それだけではありません。使用人の中にも階級意識のようなものがありますので。タウンハウスでもそうですが、母屋で働く人間の方がより『できる人間』として評価を得ているはずです。その結果、母屋で働く人間が厚遇されるべきなのですが、実際の待遇は真逆になっているため働く者同士の仲が悪いのです」

「確かに、それはよくありませんね。だから私は向こうとはあまり関わるべきではないと」

「その通りです」

そういえば、と昨日やってくるはずだった新人メイドの『クラリッサ』には一人部屋が与えられていたことを思い出す。普通ならありえないことだ。

あの好待遇の理由に納得して、エイヴリルはため息をつく。

（離れをなくしてしまえればいいのですが……タウンハウスはともかくとして、ここで今すぐというのは本当に難しそうです。何といっても、前公爵様の愛人の方々がお住まいですから）

「グレイス、公爵家を支える人々の仲が悪いのは悲しいことですね。いずれ取り返しのつかない事態になる可能性もあるのではと」

「旦那様もそれを心配しておいでてしょう。ですから、代替わりしてから初めての長期滞在になる今回は、離れの解体に向けてお話をする用意があるのでは、と注視しております」

「なるほど」

ディランはエイヴリルに相談することはなかったが、タウンハウスの書斎には淑女向けのお稽古事や求人をまとめた資料があった。

おそらく、それらはこの準備のためのものなのだろう。何となく腑に落ちた気分になる。

（ローレンス殿下がわざわざディラン様に調査を命じたのは、そういった動きを後押しできるように考えてのことなのでしょう。領地経営のあれこれに、内部事情……少しでも私がお力になれたらいいのですが）

「しかもランチェスター公爵家は代替わりしてからまだ日が浅いうえに、新しい公爵夫人となる方がいらっしゃっています。皆警戒してナーバスになっていますので、エイヴリル様は離れに行かれない方がよいのでは、と」

遠慮がちに進言してくるグレイスだったが、エイヴリルは迷わずにその手を取った。

「いえ、大丈夫ですわ。そういうことでしたら、一緒にまいりましょう」

「……は？」

グレイスの手を引いたエイヴリルは離れの『クラリッサ』の部屋へ行くとメイド服に着替えた。

そして洗濯室に顔を出す。

「ジェセニアさん、お待たせしました」

「あら！　クラリッサ、一体どこ行ってたのよ!?　朝、食事をとり損ねるわよって呼びに行ったのにいないんだもの」

「申し訳ございません」

今日は間違った名前を呼ばれても訂正しない。『エイヴリル』だとばれたら困るからだ。

頭を下げれば、ジェセニアはすぐにカゴを押し付けてくる。

「ほら、これから各部屋にシーツを回収しに回るわよ！　……って後ろの人は誰？　見ない顔だけど」

ジェセニアの質問を受けて、エイヴリルの後ろからグレイスがスッと顔を出した。

「……グレイスと申します。母屋の新人メイドです。噂を伺った旦那様が、こちらの……クラリッサさんの下について勉強するようにと」

「ふうん。母屋の新人メイドがねえ……あ、わかった、向こうはディラン様と悪女の婚約者がいるから怒らせないようにこっちに寄越されたのね？　でもほかのメイドに会っても自己紹介は名前だけにした方がいいわ。あたしは母屋とか離れとかそんなの気にしないけど」

「かしこまりました」

グレイスはクールに応じているが、ここへ来るまでには紆余《うよ》曲折《きょくせつ》があった。

どうしてもエイヴリルを行かせたくないグレイスと、どうしても潜入したいエイヴリル。ぐいぐいと手を引いて離れへと道連れにしながらなんとか練り上げたのがこの設定だった。

グレイスが一緒なら、問題ないだろう。

（この離れは王都のタウンハウスと同じように、まるで宮殿のような造りですね）

ついつい白亜の城に見惚れてしまうが、今日のエイヴリルは新人メイドなのだ。ぼうっとしているわけにはいかなかった。

早足のジェセニアについて階段を駆け上がる。

どうやら二階にはたくさんの部屋があるようだ。それぞれの扉が配置された間隔から、部屋の中はかなりの広さだということが想像できる。

ジェセニアがある扉をノックすると、少しの間をおいて美しい女性が現れた。

「シーツの交換ね。ご苦労様、ってあら、どなた……？」

「こちらは新人メイドのクラリッサとグレイスです。こう見えてなかなか優秀なんですよ」

おっとりと答える女性に応じながら、ジェセニアは素早く奥の部屋へ行きベッドからシーツを引き剝がしていく。

「ほらクラリッサ、カゴ！」

「はい、こちらに」

（ジェセニアさん、さすがです。シーツを回収するのがなんて速いのでしょうか……！）

負けてはいられないとエイヴリルも一歩踏み出したところで、部屋の主に肩を叩かれる。

「私はルーシーですわ。ここで暮らす人間は頻繁に変わるから、皆の名前を覚えられるように頑張ってね」

おっとりと微笑む彼女は、ウエーブのついたブロンドヘアをアップにしているのだろう。一本だけ落ちている後れ毛の毛先が曲線を描いていて美しい。エイヴリルより十歳ほどは歳上に見えるが、薄化粧のせいかあどけなく見えた。

(清楚な方ですね。まさに、ルーシー様のようなお方が大旦那様の好みなのでしょう)

「ありがとうございます、ルーシー様。精一杯お仕えいたします」

エイヴリルが淑女の礼で応じれば、ルーシーはハッと驚くように眉を顰めた。

「……あら、あなた、貴族出身の新人メイドなのね。ということは働きに出るのもこの街に来るのも初めて？」

「はい、その通りにございます」

「でしたら、港町へお使いに行くときは一人で行ってはいけませんわ。最近は特によからぬ方々が出入りをしているみたいだから、あなたのようなお嬢様っぽい雰囲気の子は危ないの」

「かしこまりました……？」

(？　この町に到着した日、ディラン様もほとんど同じことを仰っていました。何かあるのでしょうか)

首を傾げたものの、それ以上聞くことはできなかった。

張り切って洗濯物を回収していくジェセニアに「さぁ！　次へ行くわよ！」と連れ出されたからである。

三人はそうやっていくつもの部屋を回った。ノックをした扉の先、顔を覗かせるのは決まって清楚系の美女である。

　どの愛人たちも優雅な暮らしぶりで、ジェセニアが「大旦那様のお手つきになれば優雅に暮らせる」と言っていたのは本当なのだとわかった。

（ディラン様が管理をされているのですから、借金が原因で没落したアリンガム伯爵家のような金銭面の心配はないのでしょう。しかし）

　意見を求められるまでは出すぎたまねだとは思う。けれど、エイヴリルは未知の世界に唖然《あぜん》とするばかりだし、そろそろ想像力の限界を迎えていた。

（前公爵様は、こんなにお金と手間をかけて女性をお世話して一体どうしたいのでしょうか……？）

「クラリッサ、どうしたの？　ここで最後よ」

「！」

　ぼうっとしているとジェセニアに顔を覗き込まれた。気がつくと廊下の端まで来ていて、目の前には茶色い扉がある。

「いい？　このお部屋の方は最近入られたばかりなの。少し気難しくて大変だけど、一番若くて大旦那様のお気に入りよ。失礼がないようにね」

（もしかして）

　心当たりに、聞いてみる。

「こちらのお部屋の方のお名前は？」

「テレーザ・パンネッラ様。隣国の男爵家から来たのですって」

「……！」

（テレーザ・パンネッラ嬢。先日の仮面舞踏会で回収した名簿に載っていた隣国のパンネッラ男爵家のご令嬢ですね。今回の調査対象のお方です）


「――お洗濯物をいただきにまいりました」

ジェセニアが澄ました声をかけた数秒後、現れたのは縦ロールぎみなプラチナブロンドと淡いグリーンの瞳が印象的な令嬢だった。

「ご苦労様です。中へどうぞ」

言葉遣いは丁寧だし柔らかな笑みを浮かべているが、視線がどこか刺々《とげとげ》しい。

グレイスも同じことを感じたようで、エイヴリルを守るようにスッと自然に立ちはだかった。

（もしかして私の正体がバレているのでしょうか……いえ、そんなはずはありませんね）

「見ない顔ね。あなたは新人なのかしら」

「はい。新人ですので、身の回りのお世話ではなくお洗濯を担当させていただきます」

エイヴリルが名乗らずに上品に微笑めば、テレーザは少しの間をおいて美しい口元を歪《ゆが》めた。

「……私のお部屋には美しいものがたくさんあるのよ。ぜひご覧になっていって」

「ありがとうございます。お心遣いはありがたいですが、今はお洗濯物を集めている最中でして」

「何それ。あなたは『好色家の老いぼれ公爵様』の愛人とは話したくないってこと？」

「いえ、決してそのようなことは」

ちょっと面倒な会話になっていた。エイヴリルとしては情報を集めるためにもっと話したいのだが、ジェセニアがものすごく急いでいるのはわかっている。

シーツを洗うのなら、日が高いうちに干してしまわないといけない。

ちらりとジェセニアに視線を送ってみる。うんうんうんうん首が取れそうに頷いていた。これは、もう少し話していてもよさそうである。

「上司から許しを得ましたので、お部屋の中を見せていただいてもよろしいでしょうか」

「もちろんですわ。ジュエリーやドレスのほかに、読み物や珍しいお化粧品もあるの。ぜひご覧になって」

（…………）

さっきまでの値踏みをするような顔が嘘のように明るくなった。その変化に違和感を覚えつつ、エイヴリルはテレーザの部屋の中に案内されたのだった。

その後の洗濯室。シーツをざぶざぶごしごしと洗いながら、ジェセニアが聞いてくる。

「さっき、テレーザ様に何を見せてもらったの？」

「宝石と帽子と靴を。どれも素敵な一級品でした」

「へーえ。あんた、価値がわかるのね？　さっすが没落貴族のお嬢様ね」

「……それなりには」

「テレーザ様って大旦那様のお気に入りみたいなのよね。清楚でかわいい雰囲気だけど、何かちょっとほかの方々とは違うっていうか……私たちも扱いにちょっと困ってたのよ？　でも怒らせるわけにいかないし」

　威勢のいいジェセニアが過剰に思えるほどテレーザに気を遣っていたのは、そういう経緯があったようだ。納得したエイヴリルの脳裏に疑問が浮かぶ。

「なるほど。そんなお方なのに、私にクローゼットを見せてくださったのですね」

「ね、不思議じゃない？　なんだか裏がありそう……って、そんなはずないわよね！　貴族のお嬢様同士通じるものがあったのかも？　とにかく、今度からテレーザ様のお部屋の洗濯物回収はあんたに任せるわ！　お願いね」

　ジェセニアにばしんと背中を叩かれつつ、エイヴリルはグレイスと目配せをしあう。

（ジェセニアさんはこうフォローしてくださっていますが……何か裏があるとは思います）

　貴族の屋敷仕えでは、盗みをしたとして使用人が解雇されることは決して少なくない。

　エイヴリルがいたアリンガム伯爵家だって、試しに雇った使用人に高級な銀食器を持ち逃げされたことがあった。

（万一に備えて、テレーザ様が見せてくださったものには絶対触りませんでしたが……。ですがお話はたくさん伺えましたし、お部屋の様子も観察できました。テレーザ様のお部屋のクローゼットの一番奥の棚は隠し扉になっているようです。しかも塗装の仕上げを見ると最近作り替えられたよ

うな感じがします。離れの主人である前公爵様はご存じなのでしょうか）

嫌な考えを振り払うように、今日の任務の成果を反芻する。

（とにかく、今夜ディラン様に全部報告しましょう）

そう思いながらシーツの入った桶に水をざぶんと流し入れ、じゃぶじゃぶすすいでいると、ジェセニアに聞こえないようにグレイスが囁く。

「エイヴリル様、大旦那様をあの二つ名――『好色家の老いぼれ公爵様』でお呼びになるような方が愛人として囲われているのはおかしいと思います」

「ええ、その通りですね。テレーザ様は好んで大旦那様の愛人をされているわけではないのでしょう。私にクローゼットを見せてくださったのも、何か狙いがあってのようね」

（ですが、この違和感は麻薬取引などへの関わりではなくて……もっと違った感情によるもののような……？）

その日の夜、エイヴリルの滞在する客間の扉が叩かれた。顔を覗かせると、そこにはディランがいた。シャツにスラックスというラフな格好に、手にはブランデーのボトルとホットミルクが載ったトレーを持っている。

「ディラン様！　そのトレーは私がお持ちしますわ」

「エイヴリルはまだ実家での癖が抜けないのか。これは俺が自分で持ってきたんだ。その必要はない」

「！」

（またやってしまいました……）

　婚約者らしく振る舞えていなかったことに気がついて恥ずかしくなる。

「本当は、これからディラン様のところにお伺いしたいと思っていたのです」

「俺のところへ？　それはちょうどよかったな」

　なぜかディランは上機嫌になる。窓際に置いてあるサイドテーブルにトレーを置くと、長椅子へと腰を下ろした。

　エイヴリルはというと、どこに座ろうか少し迷った末に向かいのベッドの上に座る。長椅子の隣に座ってもいいが、少し距離が近い気がしたのだ。

　ディランの言葉はすっかり砕けているし、自分のことを『俺』と呼んでいる。今日の仕事を終え、完全にプライベートな時間なのだろう。

　渡されたカップを受け取ると、少し薄暗いオレンジ色の灯《あか》りの中に浮かぶ彼の顔には疲れが見えた。

　それもそのはず、久しぶりの領地での仕事は分刻みのスケジュールのようだった。

（時間があるのならお休みになるといいのに……わざわざ来てくださるなんて、ありがたいことです）

　そんなことを考えながら眺めていると、ディランは思い出したように笑う。

「今朝は驚いたな。まさか前公爵を転がすとは」

「私もディラン様が悪女のお手伝いをしてくださったのに驚きました」

「あの男の前でカップを投げたのも、あの男が尻もちをついているのを見たのも、初めてかもしれないな」

それは、今朝、二人がディランの父に仕掛けた『悪女のふり』の振り返りだった。

改めて思い返してみると、なかなかよいコラボだったのではないか。エイヴリルが愉悦に浸っていると、ディランはさらに続ける。

「あの男には関わりたくないから、ああいう感情的なやりとりは極力避けてきたんだ。だが、カップを前にぷるぷると戸惑う君を見ていたら、途端にあほらしくなった」

（……あほらしく？）

それは褒めているのだろうか。ほんのちょっと複雑な気持ちでディランの顔を覗き込めば、咎《とが》める様子は全くなくとても楽しそうである。

これは『褒めている』で問題なさそうだった。

「ディラン様は本当に悪女がお好きだったのかもしれませんね」

「……それは……まあ、そうだな……」

エイヴリルの『悪女のふり』から新境地を開いたらしいディランに安心したところで、エイヴリルは今日の報告を始めた。

「ディラン様。今日、メイドとしてテレーザ・パンネッラさんとお会いする機会がありました」

「！　例の彼女か」

「はい」

「俺も落ち着いたら会いに行こうと思っていたところだ。様子はどうだった？」

「それが……ちょっとおかしな様子がありまして。前公爵様からの贈り物をご紹介くださるということでお部屋のクローゼットの中を見せていただいたのですが、中に隠し扉のようなものが」

「そうか。もし麻薬取引と関わりがあるのなら、そこに何かが隠されているのだろう。……よく気がついたな」

「最近読んでいた悪女が活躍するミステリー小説に同じような仕掛けが」

ついわくわくして答えれば、ディランは苦笑してグラスを置く。

「仮面舞踏会の準備のためにダンスを習ったときといい、君はいつも本当に楽しそうだな」

「ディラン様はお忙しいですから。私は私にできることを精一杯頑張るだけです」

「できることの範囲の広さが異常なことに加えて、頑張るの意味が人とは少し違うようだが」

「まぁ。そうでしょうか？」

記憶力のよさはわかっているし使用人としてのスキルがあることも自分ではわかっているが、まさか頑張るの意味が違うとは。

首を傾げたところで、ディランは真剣な表情になる。

「いくら代替わりしたと言っても、実情から言えば離れは前公爵のものだ。どんな口実で調査しようか考えていたんだが、その必要はなくなりそうだな」

「国の名前を出した瞬間にテレーザ様は証拠を隠されるかランチェスター公爵家を巻き添えにする方向に動かれる可能性がありましたものね」

「ああ。今日の段階ではまだ何も警戒していなかっただろう。エイヴリルがメイドとして潜入していたからこそのお手柄だ。さすがだな」

めいっぱい褒められてしまったエイヴリルは、ほんの少し気まずさを感じつつにっこりと微笑む。

（ただ、間違われただけだったのですけれどね。これは内緒です）

紛らわしいクリーム色のドレスと、お嬢様の白魚のような手とはかけ離れた自分の手、重曹、そしてなかなか話を聞いてくれないジェセニアに感謝したいところである。

エイヴリルが空になったホットミルクのカップを置くと、ちょうどディランのグラスも空になったところだった。

随分と話し込んでいたことに気がついて立ち上がる。

「……グレイスが全然来ませんね。いつもなら、とっくに寝る支度のお手伝いをしに来てくれているはずなのに」

「気を遣っているんだろう」

「……なるほど？」

もしかして、グレイスは重要な任務の報告をしていることを察してくれているのだろうか。なんというできたメイドなのだ。エイヴリルが感心しているうちに、ディランはあるものに気がついたようだった。

「……それはどうした」

視線の先には猫の形をしたぬいぐるみがある。察したエイヴリルはぬいぐるみを手に取りディランに見せた。

「この通り、猫のぬいぐるみです。以前クリスさんがくださったものでして、王都では子ども用のおもちゃとして人気が高いのです」

「……それは知っているが、なぜ持ってきた？」

「？　毎晩一緒に寝ているので、せっかくの旅行ですし一緒にと」

「〝毎晩一緒に寝ている〟」

ディランが顔を引き攣らせたが、エイヴリルは気にせずに続ける。

「はい。初めはベッドが広すぎるのでなんとなく一緒に寝ていましたが、最近ではこの子がいないと落ち着きません。抱き心地もとてもよくて、とても素敵な私の相棒です」

「……それを貸せ」

若干不満げに手を差し出され、エイヴリルはぬいぐるみを渡す。抱きしめて眠るとちょうどいいサイズのそれは、ディランが抱くと小さく見えた。

「よくお似合いです」

素直にそう伝えると、ディランは不機嫌そうに立ち上がってベッドにごろりと寝転がる。ぬいぐるみは見事にディランの枕にされてしまった。

（あっ……ぬいぐるみを助けたいところですが……ディラン様はお疲れで眠そうに見えます。今日

のところは我慢していただきましょう）

エイヴリルが相棒の救出をあっさり諦めたところで、ディランは目を瞑《つぶ》り呟く。

「……ベッドが広すぎる、か……」

「はい。公爵家のベッドはふかふかなうえに広すぎます。子どもの頃から私は簡素な狭いベッドに一人で眠ることに慣れているので、こんな素敵なベッドに一人でいるのは寂しい感じがして」

「それは……悪女としての誘いなのか、純粋な本心なのか。悪女の方だったらいいと思うのは俺が疲れているせいなのかもしれないな……」

「？？？」

突然ちょっと意味がわからない。

「？　ディラン様？」

首を傾げ、聞き返してみたが返事はなかった。

見ると、数秒前まで話していたはずのディランは眠ってしまっている。

（まぁ。ディラン様は本当にお疲れのようですね。思えば、ここに到着してから休みなく報告を受け面会に応じ、時間があれば私と食事をとってくださいました。久しぶりにお帰りになったことに加え、前公爵様との確執……。当然のことです）

本当ならば、グレイスを呼んで身支度を整え眠りたいところだったが、ディランがぐっすり眠っているのだからそういうわけにはいかない。

エイヴリルはクローゼットでこっそり着替えると、シーツをめくりディランの隣に滑り込んだ。

一人でないのはいつぶりだろうか。そんなことを思えば、ふと、幼い頃の母親の温《ぬく》もりが蘇《よみがえ》った。

（ディラン様は子どもの頃からずっとこの大きくてふかふかなベッドに一人きりだったのでしょうか）

感傷的な気持ちに浸りつつ、隣で眠る婚約者の寝顔を見つめていると、エイヴリルの瞼《まぶた》はだんだんと重くなっていく。

（ベッドが広いですから、二人で眠っても問題ありません。おやすみなさい……）

翌朝。エイヴリルはどさっ、と何かが落ちた音で目を覚ました。カーテンの隙間からは朝日が差し込んでいて、夜が明けたのだとわかる。

（眩しい……朝ですね。今の音は何でしょうか？）

起き上がって伸びをしてみると、エイヴリルは大きなベッドの上に一人きりだった。

（あら？　ディラン様がいらっしゃらない……）

ディランが寝ていたはずの場所を触れれば、まだしっかり温かい。

「つまりディラン様はまだベッドを出られたばかりだと」

「……そうだ」

「!?」

ベッドの脇から声がしたので覗いてみると、そこにはディランがいた。どうやら、目覚めたときの『どさっ』という音はディランがベッドから落ちた音のようである。

「？？？　ディラン様、お怪我《けが》は。どなたか人をお呼びしますのでお待ちくださいませ」

「……必要ない」

ほんの少し頬を染めたディランは立ち上がり頭を緩く振った。そうして、こめかみを押さえたまま聞いてくる。

「俺は昨夜ここで寝たのか？　信じられないな……申し訳ない」

「いえいえ、このベッドはとても大きいですから大丈夫なのです。ほら、この通り」

ごろんごろんと横に転がってみせる。感覚では十回ほどは転がれた気がするがどうだっただろうか。それを見たディランは遠い目をしていた。

「まるで子どもだな」

「……あ。お恥ずかしい限りです」

「だが、私はエイヴリルを子どもだとは思っていない。隣で朝までぐっすり寝たなんて信じられないな」

「…………」

（ディラン様の言葉が『俺』から『私』に戻りました。つまり、混乱してこんなふうに仰っているわけではないと）

なるほど今度は意味がわかった。婚約者のくせに違和感なく同じベッドで朝まで眠ってしまったことが本当に申し訳ないし、弁解のしようがなかった。

（ですが、今私がするべきことがわかりました）

ドキドキして眠れないとかそういう類のことを思いつかなかった図太い自分を反省しつつ、エイヴリルは申し出る。

「ディラン様はとてもお疲れなのですね。離れに潜入することももうないでしょうし、今日からは私も領主としてのお仕事をお手伝いさせてください」

「何がどうなったら、今この会話からその申し出に繋がるんだ。それにまだ到着したばかりだし、君がこの屋敷に馴染む前に無理をさせたくない」

「いいえ、無理なんて。お邪魔になるようでしたら、別室で資料の整理やクリスさんのお手伝いだけでも」

必死に食い下がれば、ディランは数秒置いてから諦めたように笑った。

「……と言いたいところだが、正直なところエイヴリルが手伝ってくれるのならこの上なく心強い。いくつか見てほしい件があるんだが、頼めるか」

「もちろんです。しっかり務めますわ」

承諾を得たばかりか期待されてしまった。

これは頑張りましょう、と気合を入れつつエイヴリルは思い出す。

「私、離れで皆様の洗濯物をお世話しながら不思議に思ったのです。どうして前公爵様はこんなにたくさんの女性を囲っていらっしゃるのかと」

「ああ。あれは病のようなものだ。まともな価値観で測れる相手ではない。誰か特定の人間だけを長く大切にできない愚かな人間だと思うしかない」

（確かにその通りなのですが）

心の中で同意しつつ、エイヴリルは口を開く。

「私にはディラン様がいます。ディラン様も、私だけを想ってくださっているのはとても伝わります。……一人の人に出会えたのは、本当に幸せなことですね」

「……なるほど。それを昨日の夜聞きたかった気がするが？」

「？？？　申し訳ございません？」

幸せについて語ったのに、盛大にため息をつかれてしまった。ぱちぱち瞬いていると、ドアをノックした後クリスが部屋に入ってきた。

「……失礼いたします。おはようございます、ディラン様、エイヴリル様。よくお休みになれましたか」

「おはようございます、クリスさん」

挨拶を返すと、クリスはニコニコ笑いながら一瞬で部屋の様子を確認したようだった。

昨夜と同じシャツにスラックス姿のディランと、ネグリジェとは言《い》い難《がた》い木綿の寝巻きに身を包んだエイヴリル、ベッドの真ん中には猫のぬいぐるみ。

「なるほど。何があったか……というか、何もなかったのは承知いたしました。お二人ともぐっすりだったようで、何よりです」

その日、エイヴリルはディランの書斎で手伝いをして過ごした。エイヴリルが見たのは資産の動きや収支を記した帳簿である。

実家・アリンガム伯爵家でも同じような業務をこなしていたため、とてもスムーズだったが、前公爵から愛人たちへの贈り物があまりにも多いのにはまいった。

意外なことに、一人にたくさんの贈り物をしているわけではなくて、皆にほぼ同じ金額のものをそれぞれの好みに合わせて贈っているらしい。

そのことに気がついたエイヴリルは、とても驚いた。

（前公爵様は何てマメなのでしょうか!?）

加えて宝石など、より高価な贈り物は誕生日をはじめとした特別な日だけ。

緩急をつけて愛人たちの心を離さないようにしているのがありありとわかって、感動すら覚えてしまう。

（前公爵様は遊び呆けてランチェスター公爵家の評判を落とし蔑《ないがし》ろにしたと言われていますが……。このような管理は能力のない方には難しいのではないでしょうか）

前妻――ディランの母への仕打ちが最低だったことは明白すぎる事実だ。

それに加えて、エイヴリルの父のように能力がないのではなく相応の器があるのに遊び呆けていたのだとしたら、ディランがあれだけ父親のことを嫌っているのもわかる気がした。

エイヴリルはため息をつきながらさらに帳簿をめくる。

（それに……ここに書かれている品々には少し違和感があります。これは、今回の任務やランチェ

スター公爵家の経営に関わることではないから問題はないのでしょうけれど）
自分の記憶力がいいことは知っている。昨日、離れで見たあれこれを思い出しながら、エイヴリルは首を傾げたのだった。

ディランがうっかりエイヴリルの部屋で朝を迎えてしまい、その後も一日ずっと一緒に領主として仕事をした日の夜。

その日最後の予定の面会を終え、書斎に戻ったディランにクリスが告げてくる。

「ディラン様、今日はとてもよく捗《はかど》ったかと。やはりエイヴリル様はさすがですね。ディラン様がご不在の際には領主代行を安心してお任せできるのでは」

「そうだな。能力だけでなく、周囲の人間にも愛されるタイプだ。実家で認められてこなかったのが本当に信じられないな」

「前公爵様がどう出るかは心配なところでしたが、最初の面会であれを演じられては、さすがの前公爵様も警戒されていることでしょう」

「「…………」」

二人は、前日の前公爵とエイヴリルの面会を思い出した。

エイヴリルを値踏みしつつあわよくば引き入れようとする前公爵に対し、なぜか張り切って悪女を演じはじめたエイヴリル。

　ディランは心配しつつ見守っていたものの、あまりにもありえない初手で躓《つまず》いたのを見て助けずにはいられなくなったのだった。

　このランチェスター公爵邸に愛人たちが暮らす別棟がある限り、ディランは領地に落ち着く気はない。

　これまでのように年に数回は領地へ滞在するつもりでいるが、エイヴリルのことは王都で待たせる予定だった。

（前公爵に深く関わらせる気はない。今回の滞在だけ面倒なことにならなければそれでいいはずだったんだが）

　しかし賢い婚約者は、あのわずかなやりとりを見て父子の間にある確執が想像以上に根深いことを理解したのだろう。

　代替わりしたことも考え実権はこちらにあると周囲に印象づけるため、あの暴挙に出たのは想像に難くない。

　ところが躊躇《ためら》わずにカップを人に投げつけられるタイプではなかったので、あんなことになってしまった。

　ちょうどクリスも同じことを考えているようだった。

「……エイヴリル様、今回もミラクルを起こされていましたね。あの場面だけ切り取ってみれば、見事な悪女でした」

「前公爵が尻もちをついているのを見て少しだけ笑いたくなった。あの男に対してそんな気持ちになったのは初めてだ」

「いい兆候じゃないですか。ディラン様にお仕えするようになって、私も初めて聞きましたよ。ついでに、朝までお部屋で眠ってしまうとは。ディラン様が安らげる場所ができて本当に喜ばしいことですね」

「…………」

クリスはさらりと話しているが、ディランとは子どもの頃からの付き合いだ。事情をよく知る旧友からの言葉に、ディランはごほんと咳払《せきばら》いをする。

「前公爵については、エイヴリルは離れで何か聞いたのだろうな。でないと絶対おかしいだろう」

「そうでしょうね。……離れといえば、今回の滞在の目的からすればとっとと離れの人間一人一人から話を聞き、金の流れを洗い出せばいいはずですが、どうしてこんなに回りくどいことを？」

「……いや、初めはそのつもりだったんだが」

「が？」

わかっているくせに、あえて聞いてくる年下の側近が憎たらしい。けれど結果的に白状することになってしまう。

「彼女がとても楽しそうだったから、つい」

「あはは。ディラン様は本当にエイヴリル様に甘くていらっしゃる」

「それはお前たちもだろう？　ここの使用人もじきにそうなるはずだ。前公爵がよりつかなくなりさえすれば、エイヴリルも悪女のふりはやめるだろう」

「だといいですけど。これまで、ランチェスター公爵家でエイヴリル様に絆されなかった方を知りませんね。……前公爵様が例外であることを祈るところです。面倒なことにならなければいいのですが」

　それはディランも懸念するところだった。

「……とりあえず、明日、私一人で離れに顔を出す。領地入りしているのに、向こうにだけ行かないわけにいかないからな。エイヴリルにも明日は大人しくしておくように伝えておく。優秀な新人メイドの正体が次期公爵夫人だと知られるのはまだ早いだろう？」

「それがいいでしょうね。ご本人はもう離れに行かないつもりでいらっしゃるようですが、ここでの滞在はもう少しだけ長くなります。お姫様の楽しい時間を奪ってはかわいそうですから」

閑話◆テレーザ・パンネッラの企《たくら》み

「ねえあなた、ここで働くようになって何年目なの？」

「さ……三年目でございます」

「ふぅん。『好色家の老いぼれ公爵様』の愛人に昇格するチャンスはなかったのかしら？」

「ま、まさか、私ごときがそんな恐れ多く」

「あらそうですわよね。変なことを聞いてごめんなさい」

怯《おび》えた表情の侍女を前に、テレーザ・パンネッラはにっこりと笑みを浮かべた。すると侍女はほっと息を吐いて部屋を出ていく。

それを見送りながら、テレーザはまた表情を意地の悪いものに戻した。

「……ここでの生活は退屈ね。あの老いぼれ公爵をおだててチヤホヤして贅沢《ぜいたく》な生活ができるのはよかったけれど、自分を偽らないといけないんだもの。周りの愛人たちは皆上品な方ばかりだし、トラブルもなくて張り合いがないわ」

そう呟くと、小さな部屋のようになっているクローゼットの扉を開ける。そこにはたくさんのドレスと装飾品が並んでいた。

先日、テレーザはエイヴリルにそれらを前公爵からの贈り物だと紹介したが、実際にはほとんどが実家・パンネッラ男爵家から持ち込まれたものだった。

その中の一つ、大きなエメラルドの石がついた指輪を手に取ると、灯りにかざして見つめる。

「大旦那様も贈り物はくださるけれど、さすがにこんなにたくさん愛人がいたんじゃ一人一人の予算は限られたものになるわよね。大体にして、あの好きものジジイは誰に何を贈ったかなんて憶《おぼ》えていないでしょう」

テレーザがここに来たのは父親に売られたからだ。いや、表向きは前公爵に見初められて愛人として囲われたことになっているが、実際は違う。

「お父様は私をあの老いぼれ公爵に売り飛ばしたのよ。娘が三人もいるんだもの。割を食うのはいつだって末っ子の私だったわ」

パンネッラ男爵家は隣国の末端貴族だ。

貴族とは名ばかりのもので生活は苦しく、平民とそんなに変わらない——それがテレーザが幼い頃の記憶だ。

一番上の姉は二十も歳上の商人と政略結婚をさせられ、二番目の姉は裕福な子爵家の三人目の妻として嫁いだ。

その後、パンネッラ男爵家の生活水準は飛躍的に上がった。

欲しいものは何でも買えるようになったし、殺風景だった屋敷内にも豪華な調度品が増えていった。

経済状況がよくなったのは誰の目にも明らかで、両親は着飾って夜な夜な社交の場へと出るようになってしまった。

けれど姉二人の結婚相手を見ていたテレーザは、三番目の自分はどうなるのかという不安は隠せない。怯えて暮らしていたところ、ある日いつもとは違う布面積が広めのドレスを着せられた。髪型もいつもはぐるんぐるんの縦ロールに巻いていたところを、清楚系の緩やかなカールに直された。

おまけに化粧も地味なものにされて一体何なのだと思っていたところ、やってきたのが当時のランチェスター公爵だった。

それからはテレーザの意志など考慮されることは一切なかった。あっという間に愛人として迎え入れられることが決まり、パンネッラ男爵家には多額の現金が支払われた。

テレーザが実家に幻滅したのはそれだけではない。実家を出るにあたって、驚愕《きょうがく》の事実を知らされたのだ。

（……ある時期を境に家が裕福になったのは、お姉様たちが嫁いだからではなく、パンネッラ男爵家が麻薬取引に手を染めたからだなんてね）

パンネッラ男爵家は家を出るテレーザに対し、隣国での麻薬売買の仲介人になるように命じた。テレーザを『好色家の老いぼれ公爵閣下』に売り飛ばした目的はお金ではなく、地位が高い人間の愛人という立場を利用してさらに取引を広げるためだったのだ。

（あの好きもの公爵は事実を知らないけど……私はもうこんな暮らしはこりごりよ。お父様に捜査の手が伸びたみたいだし、私はもうこの取引に関わらない。老いぼれの愛人も終わりにするの）

そう思っていたところで領地入りしたのがディランだった。あのジジイの息子だ。しょうもないお坊ちゃんが公爵位についているのかと思えば、どうやら違うらしい。

使用人たちの噂によると、ディラン・ランチェスターは父親とは真逆の性格をしているということだった。

女性にはあまり興味を示さず、愛人はおろか恋人の話を聞いたこともないのだとか。

それが、先日一人の令嬢との結婚を決めて領地入りしたのだという。

どうせならそちらの愛人になりたい、と考えたテレーザがちらりと母屋を覗きに行くと、スラリとした美貌の若い青年がいた。

愛人がよりどりみどりの離れに顔を出さないところを見ると、彼とお近づきになるにはこの離れの住人であってはいけないようだった。

ちなみに、彼の婚約者であるという悪女はどうしても見当たらなかった。

「皆の話を聞くと、彼は悪女がお好きなのでしょう。だったら、私が適任ではなくって？」

愛人として自分を囲う前公爵に心の中で悪態をつきつつ、麻薬取引の手引きまでできる悪女にディランが興味を示さないはずがない。

「公爵様の婚約者がどんな悪女なのかは知らないけれど、私にだって勝ち目はあるはずだわ」

そうして、隠し扉になっているクローゼットの奥の棚が施錠されていることを確認する。

手に握りしめた指輪は、先日新人の洗濯メイドに見せたものだ。

この屋敷の一員になって日が浅いあのメイドには悪いが、信頼を得ていない彼女は盗みの濡《ぬ》れ衣《ぎぬ》を着せるのに適任だ。

離れを出て母屋へ行くための布石に違いなかった。

――〝彼女〟の正体を知らないテレーザにとっては、だったけれど。

第六章◆婚約者は悪女？

翌日。エイヴリルはなぜか離れの洗濯室にいた。

目の前には石鹸で洗い立てほかほかのシーツがある。それに真水をかけてすすいでいく。

「エイヴリル様、ディラン様に今日は大人しくしていろと言われていませんでしたか？」

「ええ、そうなのだけれど……。母屋でのお手伝いも終わってしまいましたし、何だか暇で。お洗濯をしているぐらいでしたら問題ないかと」

じゃぶじゃぶしながら問いに答えれば、グレイスはメイドキャップを目深に被り直した。

「本来、エイヴリル様はこのようなところにいてはいけないお方のはずです。バレたら大変ですよ」

「だからグレイスはついてきてくれたのですよね。ありがとうございます」

今日、ディランから与えられた手伝いは意外と量が少なかった。

あっという間に与えられた業務を終えてしまったエイヴリルは暇を持て余すことになったのだ。

ディランに指示をもらおうと思ったが、午前中は面会の予定がびっしり入っていて会えず、午後になったらどこかへ出かけてしまったようだ。

夕食は一緒にとれるようなのでそう遠くへ行ったわけでないのはわかるが、行き先は誰も教えてくれない。

ということで、身体を動かしたくて仕方がなかったエイヴリルは洗濯をしに来たのだ。

（それに、悪女の私は母屋の皆様に距離を置かれていますから）

母屋の使用人たちは皆、エイヴリルがとんでもない悪女だと思い込んでいるままだ。

ディランはあまり納得していないようだが、前公爵に絡まれたくないエイヴリルは嬉々《きき》として悪女を演じていた。

悪女になりきるのは楽しい。使用人たちがあまり話してくれないことだけは寂しいけれど。

回想を終えると、さらにグレイスがこそこそと問いかけてくる。

「エイヴリル様、今朝、お部屋に届けられた朝食の食器を戻すときにお手紙を添えていらっしゃいましたよね？　あれは回収しました」

「まあ……なぜでしょうか？」

「悪女はお礼の手紙なんて書きません。たとえ内容がどんなに偉そうだったとしても、丁寧なお礼状をつけた時点で使用人は驚愕します」

「まあ。至らない悪女で申し訳ないわ、グレイス」

「いいえ。旦那様も協力している様子でしたので、私もお力添えを」

王都のタウンハウスでも似た振る舞いをした覚えはある。王都の使用人たちは悪女に何と寛容なのか。感動しているところで、グレイスが顔を引き攣らせた。

「ですが、エイヴリル様がここで遠巻きにされているのは、悪女だからというよりは不思議がられている可能性もあるのではと」

「不思議……？　一体どのへんがどのように？」

どういうことだ。身に覚えがなさすぎるエイヴリルが聞き返したところで、エイヴリルとグレイスだけだった洗濯室にジェセニアが現れた。

「あっ！　クラリッサ、昨日は一体どこに行ってたのよ。探してたんだから。それはまあいいとして、あんた何でもできそうよね？　貴族出身だし、もしかして上級使用人みたいな振る舞いもできちゃう？」

「ええ、まあ……できるといえばできるような？」

上級使用人とは、家令や執事など特権を持った使用人のことである。ランチェスター公爵家では品位を保つために貴族出身の教育が行き届いた人間が選ばれていた。

ジェセニアが主人の身の回りの世話をする侍女も上級使用人に入れているのだと察したエイヴリルは、戸惑いつつ肯定する。

すると、ジェセニアの表情が一気に明るくなった。

「よかった！　今日は少し面倒な来客があるのよ。洗濯はいいからそっちを手伝いに行ってくれない？」

「……はい？」

（一体、どうしてこんなことになっているのでしょうか……）

数十分後。洗濯や厨房用のメイド服ではなく、主人の身の回りの世話をする侍女用のお仕着せに着替えたエイヴリルは、離れのサロンの端っこで小さくなっていた。

テーブルの上にはティーセットが準備されていて、厨房ではたくさんのお菓子が焼かれていたようだった。

(どうやら、これからこの離れに重要な来客があるようですね。私はそのおもてなしの『人数合わせ』として呼ばれたようです)

基本的に、離れは前公爵が引きこもって暮らすためのものだ。

エイヴリルが領地入りしてからというもの、前公爵は離れにある自分の部屋で過ごすか誰か愛人の部屋で過ごしているようだった。

もちろん、洗濯メイドの中でも下っ端の〝クラリッサ〟が前公爵に遭遇することはない。

(母屋からふさわしい振る舞いができる上級使用人を呼ぶのが嫌なのだと思いますが……どなたがいらっしゃるかはわかりません。ここで静かにしていましょう)

すんとして気配を消そうとすれば、隣でキョロキョロしていた一人のメイドが不思議そうに話しかけてくる。

「あなたは?」

「……新人のメイドで給仕のお手伝いを。人数合わせでお呼びいただいたようです」

「あー！　〝救世主で猛獣使い〟ね！」

まさか二つ名がこんなに進化しているとは聞いていない。しかし、テレーザ・パンネッラが猛獣扱いされているのはちょっとだけ納得するところだった。

（やはり、直接お世話をされている方々の情報網は素晴らしいですし当たっていますね……）

　話しかけてきたメイドは目を輝かせて続ける。

「すごいわね。あなた、着任してわずか数日で旦那様のおもてなしの場に呼ばれたのね？　このまま洗濯メイドから昇格するんじゃない？」

「いえいえ、そんなそんな」

（……って、旦那様？）

　ニコニコと笑っていたエイヴリルは、話題に挟まれた不穏な言葉に首を傾げた。

「あの。これは、大旦那様をおもてなしする会なのでしょうか？」

「違うわよ。今日こちらにいらっしゃるのは旦那様。代替わりしてまだ数年のお若い公爵様がこちらに顔を出すというから、皆がこんなに張り切って準備したのよ」

「……なるほど」

　ぱちぱちと瞬いて固まる。

（つまり……これからここにいらっしゃるのはディラン様だと。いいえ、大旦那様でないだけありがたいのですが。まぁ、そういうことですね……）

　そういえば、今日は与えられた仕事が終わったら部屋で大人しくしているようにと言われていたことを思い出す。

　気まずさしかない。

（ディラン様なら、私がここにいることに気がついてもあえて言及せずにスルーしてくださる気はします……）

それは半ば祈りだった。グレイスに助けてほしいが、あいにく彼女はこの場への同席が認められなかった。もう一人で切り抜けるしかないのだ。

こういうときの最終手段は、物覚えがいいとか悪いとか淑女だとかは全然関係ない。

「あの、私は少々お花摘みに」

「何言ってるの。もう旦那様が来てしまうし、愛人の方々もサロンに到着しているわ。ここにいらっしゃらないのは大旦那様だけね。まぁ、ランチェスター公爵家の親子は仲が悪いから仕方がないわね」

最後の手段はあっさり敗北した。

けれど、ありがたい新情報も得られた。

（大旦那様がいらっしゃらないことだけはよかったです。潜入していることが一発でバレてしまいますから）

脱走を諦めてちらりと窓側を見れば、愛人たち――優しい笑みのルーシーやツンとした佇まいのテレーザが到着していた。おもてなしの準備は万端である。

そこへ前の扉が開く。入ってきたのは案の定ディランだった。

しかしいつもと違う厳しい表情をしていて、後ろにはクリスが続いている。

（ひゃっ）

二人を見たエイヴリルは心の中だけで悲鳴をあげると、表情を変えずに楚々とした立ち振る舞いで隣のメイドの陰に隠れた。

見た目はすんとして立つエイヴリルの耳に、ディランの言葉が聞こえてくる。

「今日ここを訪れたのは、領地の本邸の離れの様子を見るためだ。実質ここは前公爵のものだが、何か変わったことはないか」

ディランに離れの執事が応じる。

「いえ、特には。……具体的に、変わったこととはどのようなことでしょうか」

「新しい人間がここに入った、などだ。前公爵の愛人が増えることには全く興味がないが、問題を持ち込まれてはたまらない。王太子・ローレンス殿下も心配しておいでだ。歴史あるランチェスター公爵家に醜聞があるのではと」

「……承知しております。ですが、問題はないかと」

テーブルについたディランの前にあるカップに紅茶が注がれていく。エイヴリルはそれを部屋の端から見つめる。

（やはり、ディラン様はテレーザ様のことを調べるためにここへいらっしゃったようです。私は静かにしていましょう）

ところが、そうはいかなかった。

「新しい人間といえば、優秀な洗濯メイドが入りまして。没落した貴族の出ということで、旦那様が希望すれば、ゆくゆくは母屋や王都のタウンハウスで上級使用人として育てていただくのもよろしいかと」

（！　ええと、それは……？）

勘弁してほしい。思いがけず聞こえてきた自分に関する話題にエイヴリルは身を縮めるが、得意げに進言する執事は手を緩めない。

「彼女の名前はクラリッサと言います。洗濯だけでなく、ほかの振る舞いについても申し分ないかと」

「……まぁ……それはそうだろうな……」

ディランの返答はとんでもなく歯切れが悪い。

その洗濯メイドは次期公爵夫人として遜色ないディランの婚約者なのだから当然だろう。ついでに、王太子・ローレンスと国きっての才媛アレクサンドラのお気に入りでもある。

（ここで、悪女とされる私とその洗濯メイドが同一人物だと知られたら面倒なことになる……というかとても気まずい感じがします）

ディランはあまりはっきりしない返答をしているが、エイヴリルのように狼狽《ろうばい》はしていなかった。

なぜなら、ここにその本人がいるとは知らないからだ。

しかしあいにく平和は続かなかった。執事はにこやかに続ける。

「そのクラリッサがここにいます。紹介を」

「ここにいる？　その彼女が？」

（！）

ちょっと本当に勘弁してほしい。

ディランの表情が怪訝《けげん》そうになったのを確認したところで、エイヴリルはそっと部屋を出ていこうとしたが、隣で一緒に控えていたメイドにがしっと腕を掴まれた。

「あなた、呼ばれてるわよ」

「いえいえいえいえそんなそんなそんな」

「何言ってるの。旦那様に直接紹介してもらえるなんてありがたいことよ。早く行きなさい」

（！　どうしましょう……）

そうして、エイヴリルは俯《うつむ》き加減《かげん》のままディランの目の前に押し出されることになった。

ゆっくりゆっくり歩いたはずなのに、もう辿り着いてしまった。絶望しかない。

「この姿でははじめましてエイヴリルと申します」

もうこうなってしまっては仕方がない。流れに身を任せ、淑女の礼をすればディランの方からガチャンと音がする。

視線を上げると、顔を引き攣らせたディランがカップを手から滑らせたところだった。お茶はこぼれていないしカップも割れていない。よかった。

後ろに控えていたクリスは笑いながら「この姿でははじめまして」というエイヴリルの挨拶を繰り返し、状況を把握したらしいディランは笑いを堪えるようにして聞いてくる。

「……なるほど。洗濯メイドのエイヴリルはなぜここに？」

「お手伝いですわ。本当は洗濯室が私の居場所のはずでした……」

遠い目をして答えれば、親切にも執事が名前を訂正してくれる。

「旦那様、彼女のその名前は洗礼名のようです。お呼びの際はクラリッサと」

「クラリッサか。名前の件も含めて、彼女には後でよーく話を聞きたいところだ」

（まぁ、そうなりますよね……）

母屋で大人しくしているように言われたのに、こんなところで出会ってしまって申し訳なかった。

王都のタウンハウスでエイヴリルが大人しくしていないのはいつものことだったが、ここは慣れない領地である。

軽はずみな振る舞いを反省していると、やりとりを見ていた愛人たちの中から声があがった。

「旦那様、一つよろしいでしょうか」

見ると、猛獣扱いのテレーザ・パンネッラが進み出ている。

（テレーザ様。今日、ディラン様がここにいらっしゃったのは彼女にご用があるからだと思いますが……テレーザ様の方もディラン様にご用事が？）

首を傾げて見ていると、執事が耳打ちをしてディランにテレーザの名前を教えたらしい。ディランの、さっきまでの穏やかだった眼差しが一気に厳しいものになる。

「テレーザ・パンネッラか。私もあなたには話があった。ちょうどいい、先に話を聞こう」

「ありがとうございます。……実はここのところ自室から私物が消えておりまして。行方不明になっているのはほとんどが大旦那様にいただいた贈り物の宝石なのですわ」

（これは予想通りですね）

肩を落とし儚《はかな》げに訴えたテレーザの姿に、エイヴリルはゆっくりと瞬く。一方のディランは全く狼狽える様子がない。冷静に問いかける。

「——つまり、この離れでは盗みが横行していると訴えたいのか？」

部屋中がざわめいた。愛人たちは甲高い声でお喋りを始め、管理不行き届きを指摘されたと思い込んだ使用人たちは青くなっている。

動揺していないのは、エイヴリルと盗みの被害をディランに訴えたテレーザ本人だけだった。

「はっきりと断定はできませんが、その可能性はあると思っています。どんな偶然なのかはわかりませんが、そこの——今旦那様に紹介された洗濯メイドが入ってからなのですわ」

（！　あらあら）

迷いなく一直線にこちらを示す人差し指。びしっと指をさされてしまった。

エイヴリルは生ぬるい笑みを浮かべるしかない。思い浮かぶのは、この前洗濯物を回収しに行った日、クローゼットを見せられたときのことである。

（やはりこういうことだったのですね。私のような新入りにわざわざクローゼットを見せるのはおかしいですから、おかげで隠し扉を見つけられてよかったですけれど……って、直訴したご本人のテレーザ様が泣いていらっしゃるわ……？）

エイヴリルが何となく納得しているうちに、テレーザの瞳からは涙が溢《あふ》れていた。清楚系の美女が好きと評判の前公爵の好みはさすがである。

悲しそうに涙を溢《こぼ》す姿がなんとも儚げで、ついつい味方してあげたくなってしまっているエイヴリルの前、テレーザは声を震わせる。

「私は隣国の男爵家の出で、きちんとした教育を受けております。大切な贈り物が頻繁に盗まれるこのようなところにいるのは怖くて……」

「あれこれ経緯がいまいち繋がりませんが、ランチェスター公爵家の旦那様はきちんとしたお方ですので大丈夫です。涙を拭いてくださいませ」

「!? 私の私物がなくなったのはあなたが来てからなのよ？ よくそんなことが言えますわね」

ついハンカチを差し出したものの、受け取ってもらえなかった。

ついでに、さっきまで『救世主で猛獣使い』とエイヴリルを絶賛していた使用人仲間たちは固まっている。

完全に盗みの犯人を見る表情である。

（……うーん。いくらでも方法はありますが、どれでこの場を切り抜けましょうか）

この場で自分がディランの婚約者だと明かすのが一番簡単だ。けれど、それでは次期公爵夫人が盗みをしたという新たな誤解を生む可能性もある。

（そもそも、理由なく離れに忍び込んでいること自体がおかしいですから）

本当にただ間違われただけだったのだが、公爵夫人っぽくない見た目の自分が申し訳なさすぎた。

一方のディランは相変わらず鋭い視線をテレーザに向けている。

「そこまで言うのなら証拠があるのだろうな？ あなたは私がここを訪れる機会を待っていたのだろう。何の証拠もなく動くはずがない」

「ええ……もちろんですわ。先日、この洗濯メイドが私のクローゼットを見たいと言うので見せたのです。その後です。大旦那様にいただいたエメラルドの指輪がなくなったのは」

ぎゅっと拳を握りしめ涙を流すテレーザは悲劇のヒロインである。

けれど、何となく事情を理解し自分に濡れ衣が着せられかけていることを理解しているエイヴリルとしては、ディランの出方が気になる。

（ディラン様が私のことを信じてくれないはずがありませんから……ってすごいですね。私はいつの間にかすっかり自信満々のようです……）

なんだか恥ずかしくなって両頬を押さえると、ディランが穏やかな視線をくれる。

ついさっきまでテレーザを見ていたのと全く違う瞳だ。

何を考えているのかを見透かされてしまったようで、エイヴリルとしてはさらに照れるしかない。

そうしているうちに、ディランは聞いてくる。

「なるほど。……エイヴリル、そこのテレーザ・パンネッラの部屋からなくなったというエメラルドの指輪がどんなものか覚えているか？」

「はい。プラチナのリングに、エメラルドカットの石が載ったシンプルなものです。よくあるオーソドックスなデザインですが、石にはわずかに濁りがあり印象的でした」

エイヴリルの返答を聞いていたテレーザは口をぽかんと開けたあと、慌てたようにまくしたてる。

「!?　そんなにすらすら答えられるなんて。や、やっぱりあなたが私の指輪を盗んだのですね！」

「いいえ。そのようなことは決してしておりません」

「ではどうして私の指輪の特徴を答えられるのです！　正直におっしゃい。この前、私に強請《ねだ》ってクローゼットの中を見たときに、宝石箱の中から盗んでいたのね？　旦那様は寛容なお方ですから、きっとクビになるだけで済むわ。どうか本当のことを話して」

（本当のことと言われましても）

盗んでなどいないのだからどうしようもなかった。しかし、エイヴリルが窮地にあると勘違いしているテレーザは心底哀れんだ表情で告げてくる。

「証拠を突きつけられる前に話を合わせる……いえ、白状すれば、旦那様に温情措置をとっていただけたかもしれないのに……馬鹿でかわいそうな子」

そのとき、サロンの扉が開いた。

入ってきたのは青ざめた顔をしたテレーザ付きの侍女である。それを一瞥《いちべつ》したテレーザはひんやりと問いかける。

「例のものはどうだったかしら？」

「はっ……はい。これが……クラリッサさんの私室に」

侍女が震える手で差し出した包みにはエメラルドの指輪が入っていた。

それがクラリッサの部屋にあったという報告を一緒にしたものだから、サロンはどよめいた。

テレーザは指輪を掲げてディランに見せる。

「旦那様。私の侍女が彼女の部屋を調べてきてくれたのですが、なくなった指輪が見つかったそうです。……私、こんなところには怖くていられませんわ。仮にクラリッサさんを解雇したとしても、一度このようなことがあると……。ぜひ私を母屋に仕えるメイドとして雇っていただけないでしょうか」

「なるほど、あなたの目的はそれか。随分回りくどいことを考えたものだな」

「ま、回りくどいだなんてそんな。私はただ事実をお伝えしただけで」

図星をさされたらしいテレーザが顔を真っ赤にして唇を震わせたが、ディランは相変わらずクールな表情のままだ。

「私は前公爵のように使用人を愛人に昇格させるようなことはない。それでもいいのか」

「！　わ、私はそのような意味で申し上げたわけでは……」

「遊び人の老いぼれジジイの愛人という立場から一転、掃除、洗濯、給仕はもちろん、庭の手入れ、真っ黒になるボイラーの修理、王太子のお守りや縄抜けや社交界の重鎮の籠絡、果ては潜入捜査までやってもらうがいいのか」

「？　そ……それは使用人のお仕事で間違いないでしょうか？？？」

テレーザだけでなく、後半の業務が聞きなれなかったらしい使用人たちが不思議そうな顔をしたところで、ディランはため息をついた。

「そもそも、私の妻となる人は一人で十分だ」

返答がなくなってしまったテレーザの代わりに、楽しげなクリスが加わる。

「本当ですね。ディラン様の婚約者様は信じられないほど手に追えない方ですし」

「ああ全くだ。現に、ここで普通の令嬢なら真っ青になるところを顔色一つ変えずおっとりと首を傾げていることに少し引いている」

「自分を嵌《は》めようとしている相手にハンカチを差し出しているところもすごいですね。勝利を確信しわざとやっていたらとんでもない悪女なんでしょうけど、天然なのでディラン様から見たらただただかわいいでしょうね」

「……クリス、もういい」

二人の会話にこの場にいる全員が首を傾げかけたところで、ディランは立ち上がりテレーザの手元から指輪を奪った。

そうして、エイヴリルに見せてくる。

「エイヴリル。この指輪だな？」

「はい、確かに、これは私がテレーザ様のお部屋で見せていただいたものです。デザインも宝石の色もランクも、すべて一致しています」

「……だそうだ」

不敵に視線を送るディランに、顔を真っ赤にしたテレーザが声を張りあげる。

「な、何が問題なのでしょうか！　彼女が私の部屋で見た大旦那様からの贈り物の指輪が、彼女の部屋に隠されていた。事実はこれだけですわ」

（テレーザ様にとってはそうなのですけれど……）

視線でディランに発言の許可を得たエイヴリルは、にっこりと微笑んだ。

「テレーザ様。この指輪は本当に前公爵様――大旦那様からの贈り物で間違いないでしょうか？」

「そうに決まっているじゃない。私が、この指輪がなくなって悲しかったのは、高価な品だからではないの。大旦那様が私にくださったものだからこそ大切にしていたのに……それを盗むなんて……。それがいつか度を越して、私の身に危険が及ぶのか怖くって……だから……」

涙を浮かべたまま必死に『だから母屋に移りたい』と訴えるテレーザの目的は、前公爵からディランに乗り換えることなのだと誰の目にも明らかだった。

けれど、エイヴリルは動じない。

「――ですが。昨日、帳簿を拝見したとき、この指輪は前公爵様が離れの方に贈られた贈り物リストにはありませんでした」

「!? 私にはわからないけれど、記載ミスぐらいよくあることでしょう。大体、洗濯メイドのはずのあなたがどうしてそんなものを。デタラメはやめてちょうだい」

エイヴリルは取り乱すテレーザには応じず、ディランに問いかける。

「ディラン様、前公爵様はああ見えてお金の管理にとても細かい方ですね」

「ああ。前公爵は引くぐらいに意地汚いんだ。それでいてマメで几帳面《きちょうめん》なタイプでもある。でなければ、こんな離れとたくさんの愛人を長期間にわたって維持できるはずがないだろう」

見守っていた愛人の一人、ルーシーから「確かにそうですわね」という柔らかな相槌《あいづち》が聞こえると、ふふふふ、という笑みが広がっていく。

どうやら、テレーザ以外は皆本当に清楚系おっとり美女のようだ。

加えて、騒ぎを聞きつけたらしい使用人たちがいつの間にかサロンに集まりはじめていた。『救世主で猛獣使い』のクラリッサが盗みをしたとなれば、すぐに調査が始まると皆が思ったのだろう。

人だかりの奥にエイヴリルの上司であるジェセニアの姿が見える。

穏やかなおもてなしの時間は終わりだった。

これからの流れを決めたらしいディランはエイヴリルの肩を抱いた。

「この離れで働く人間があらかた集まったようだな。ちょうどいい。一人、皆に紹介しないといけない人間がいる」

「だ、旦那様……？　もしかして新人洗濯メイドのクラリッサを上級使用人として育てるのではなく、愛人として囲われるおつもりで……？」

顔を引き攣らせて問いかけた執事に、ディランは極めて不機嫌そうにピシャリと告げる。

「違う、あの男と一緒にするな。彼女はエイヴリル・アリンガム。皆も噂ではよく知っているはずの、私の婚約者だ」

一気に注目が集まって、エイヴリルは覚悟を決めた。

「……エイヴリル・アリンガムと申します。皆様にはいろいろと謝らなくてはいけないことが」

（本当に、クラリッサさんのお名前を騙《かた》ったことはごめんなさい）

挨拶も兼ねて淑女の礼をすると、見守っていた使用人の中から洗濯メイド長のジェセニアが声をあげた。

「嘘でしょう……!?　クラリッサが公爵夫人……!?　え、公爵家に嫁げるほどのお嬢様育ちの方がなんであんなに仕事ができるのよ!?」

「ジェセニアさん。この度は嘘をついていて申し訳なく」

ジェセニアは相変わらずエイヴリルの話を聞くことなく、驚いた勢いそのままに疑問をポンポンと投げかけてくる。

「待って？　どうして次期公爵夫人の手があんなにしっかりしてたくましいのよ！」

「最近は使用人としての仕事が少し減りまして、以前よりは悪女の手に近づいたかと」

呆気《あっけ》にとられていたジェセニアは、エイヴリルとの会話についてあることを思い出したようだ。

あっ、と声をあげて続ける。

「悪女？　わかったわ。あんた……じゃなくって、あなたは初日に私たちの悪口を聞いちゃったのね？　『悪女と名高いディラン様の婚約者と関わっては、ここでの立場がなくなる』みたいなやつ。そのせいで言い出せなくなっちゃったのね、わかったわ」

「いいえ、私はエイヴリルですと何度かお伝えしていたのですが、なかなかお耳に入れていただけなくて」

「ん。エイヴリルって……それは洗礼名よね？」

「いいえ、正真正銘、本当の名前ですわ」

「あ――――っ」

にこりと微笑めば、ジェセニアは目を丸くして口を押さえた。この噛み合わない会話は終わりのようだが、彼女とはとても気が合いそうだ。

そうして、エイヴリルは皆の方にくるりと向き直る。

「この数日間、皆様を騙すようなことになってしまい本当に申し訳ございません。ちなみに、お洗濯やお掃除のほかは書類の整理などディラン様のお仕事のお手伝いを得意分野としております」

「エイヴリルにはこの本邸の金の流れを見てもらっているところだった。だから、マメで意地汚い前公爵の帳簿にその指輪が記載されていないことは確かなはずだ。……つまり、前公爵にもらった指輪がない、と騒ぎ立てるあなたの言い分は信頼するに値しない」

ディランの言葉に、自分の分が悪いことを理解したらしいテレーザは急におどおどし出した。

「そっ……そんな……、いいえ、私が紛失したのは別の贈り物だったかもしれません。ネックレスとブローチもなくなっていますの」

それを聞いたエイヴリルはおずおずと申し出る。

「その……残念ですが、前公爵様がそれらをテレーザ様に贈ったという記録もありませんでしたわ」

「!?　どうしてわかるのよ」

「昨日、帳簿で見ましたから」

「見たって、見ただけでしょう？　それだけで証拠になるはずが」

「私は一度見ると大体のことは記憶に残る質《たち》でして……。ディラン様もクリス様もそのことはよくわかってくださっています」

「……!?」

一度見れば大体のものは覚えられる、は人に伝えると気持ちが悪いと言われることもある。

テレーザの怯えた表情から久しぶりにその空気を感じたエイヴリルは申し訳なさを感じてしまう。

（私はテレーザ様を怖がらせてしまったかもしれません）

しゅんとしつつ、自分の身の潔白も証明しないといけないエイヴリルだったが、その必要はなかった。即座に、ディランが怒りをあらわにしたからである。

「――それ以上の発言は、すなわち身一つでこの屋敷から放り出されることを示すが大丈夫か」

「！」

「彼女の能力は褒められこそすれ、怖がられたり批判されたりするものではない。そのような浅い価値観の人間はうちに要らないな」

ディランの厳しい言葉に、エイヴリルを嵌めて利用しようとしていたテレーザは青くなって口を噤《つぐ》んだ。

（ディラン様が……とっても怒っていらっしゃる）

おそらく、このあとディランは今日の本題に入るのだろう。これ以上自分は話さない方がよさそうだった。

今日、ディランがこの離れにやってきたのはエイヴリルのメイドごっこに付き合うためでも婚約者を紹介するためでもないのだから。

（テレーザ様のお部屋のクローゼットを確認し、パンネッツァ男爵の指示で麻薬取引に関わっていた証拠を押さえるためのはずです）

油断すると考えていることが口に出てしまうエイヴリルは一生懸命口を閉じた。

その前で、ディランはテレーザに本題を向ける。

「テレーザ・パンネッツァ。あなたがこの離れにやってきたのは前公爵に招かれたからだな」

「は……はい」

「前公爵に招かれたきっかけは？」

「大旦那様が私の国に遊びにいらした際、見初めていただきました」

「なるほど。あなたの実家は麻薬取引に関わっているとして調査の手が伸びているな。そのことは知っているのか？」

「……話だけは……。ですが、私は本当に無関係なんです。だからこそ、いつ大旦那様に見捨てられるかわからない愛人という立場よりはここで使用人として働きたいと……！」

　テレーザの返答に、ディランは冷酷に言い放った。

「あなたの身の潔白を証明するために、部屋を見せてもらおう」

「なっ……なぜでしょうか!?」

「家族が麻薬取引に関わっているんだ。何の捜査も受けずにいられるはずがないだろう。しかも、君は頻繁に実家からの贈り物を受け取っているな。誤解を招く点も多い。国から正式な取り調べを受ける前に調査が進んでいればランチェスター公爵家としても助かる」

　ガタガタと震えていたテレーザだったが、話を聞きながら少し落ち着きを取り戻した様子だった。

「……わかりました。ですが、ほんの少しの間お時間をいただいてもよろしいでしょうか」

「どうしてだ？」

「お客様をおもてなしする準備をさせてくださいませ」

「その必要はない。もうほかの人間があなたの部屋に向かい、クローゼットをチェックしている頃だ」

「！　勝手にそのようなことをして許されるとお思いですか!?」

「この離れを管理しているのは前公爵だが、公爵家の主は私だ」

「……！」

テレーザは唇を噛み、一歩後ずさった。

けれど、慌てて部屋に向かうそぶりを見せないのは、クローゼットの中の隠し扉まで見つかるとは思っていないからのようだ。

そうして、また涙を浮かべる。

「もし何も見つからなかったら、私の身の潔白を証明してくださいますか。ここまであなた様を怒らせてしまいましたが、お側に置いていただくことで、私が麻薬取引とは無縁で次期公爵夫人を嵌めた事実もないと」

テレーザの言葉に、ディランはうんざりした様子でため息をつく。

「……懲りないな。この前、洗濯メイドのエイヴリルが言っていた。あなたの部屋のクローゼットの奥の棚は、隠しスペースへの隠し扉になっているようだと」

「まっ、まさかそんなことはありえませんわ。第一、どうしてそんなことがわかるのです。ただ一度、部屋に足を踏み入れただけなのに」

「さっき自分で言っていただろう？　彼女にクローゼットの中を見せたと」

「！」

ディランの言葉を聞いて、テレーザは弾《はじ》かれたようにエイヴリルを睨み叫んだ。

「！　あんた、騙したわね⁉　新人メイドだなんて嘘をついて、本当は私のことを探りに来ていたんじゃないの！」

「いえいえあの私は最初は本当に間違われまして」

「随分用意周到だったわね！　あんなにメイド服が似合うなんておかしいもの」

「使用人用の服が似合ってしまうのは長年の積み重ねといいますか着心地のよさによる精神的なものと言いますかあの……わあっ」

説明しようとしたところでテレーザに突き飛ばされた。うっかりよろけたところをディランが抱き止めてくれる。テレーザはそれを見逃さなかった。

テレーザはその反動のまま窓に突進し、開いていた窓から飛び降りたのだ。

「テレーザ様⁉」

このサロンは二階にある。

慌ててエイヴリルたちが窓の下を覗き込むと、下にはちょうど干し草の山があった。

そこをクッションにしてうまく跳ね着地したテレーザは、ドレスの裾を結んで動きやすくするとそのまま走り出した。

（窓から飛び降りて逃げるなんて、テレーザ様は何てことを！）

「テレーザ・パンネッラを追え！」

「かっ……かしこまりました？」

「違う、エイヴリルは行かなくていい」

ディランの命令につい反応して窓から下を覗き込めば、後ろからぐっと抱き止められた。エイヴリルは驚いて目を丸くする。

「ディラン様、何を？」

「ああ、すまない。飛び降りそうに見えて」

いくらエイヴリルでも、さすがにそこまではしないと思う。

（これは本当に子ども扱いなのでは……？）

昨日、子どもだとは思っていないと言われたが、あれは本当に本当だったのだろうか。

もしやリップサービスなのでは？　とエイヴリルが一抹の不安を覚えたところで、逃げたテレーザを捕まえるために庭を使用人たちが走っていくのが見えた。

大騒ぎの大捕り物が始まってしまった。しかし、敷地を隔てる壁に向かい、一直線に走っていくテレーザの姿はたちまち遠く離れ小さくなっていく。

（テレーザ様、とても足が速いです）

感心している場合ではなかった。

「テレーザ様、ちゃんと捕まってくれるでしょうか」

「万一逃げたとしても、この街に隠れる場所はないはずだ」

「……確かに、街の中にはないでしょうけれど」

この街はランチェスター公爵領であり、本邸のお膝下にあたる。ディランがお触れを出せばテレーザは一瞬で突き出されるだろう。

（ですが、この街には港があります。そして港にはたくさんの船が）

エイヴリルがテレーザの逃走について心配しかけたとき、呆気にとられたような声が聞こえた。

「まさかと思ったけど……あんた、じゃなくってエイヴリル様？　は本当に旦那様の婚約者なのですね……」

振り向くとジェセニアが少し頬を染めてこちらを見ていた。

なぜそんなに照れているのか、と首を傾げれば、ある可能性に行き当たった。

それは、この体勢である。ディランはエイヴリルのことを後ろから抱きしめるようにして立っているのだ。

皆の気まずそうな空気を察知したエイヴリルは斜め上を見上げ、ディランにお願いする。

「ディラン様。私は窓から飛び降りたりしません。どうか手をお離しくださいませ？」

「本当か？　エイヴリルはいつも予想外なことをする」

「本当の本当に、大丈夫ですわ」

「わかった」

ディランは顔色一つ変えることなく離れてくれたが、それがまた日常的にこんな会話が繰り広げられていることを想像させ、ジェセニアたちには効果的だったらしい。ふむふむと感心している。

「なるほど、エイヴリル様、はこうして旦那様を手玉にとっていらっしゃるのですね」

「ええ、まあそうですね」

エイヴリルはつい話を合わせてから、はたと固まった。

（はたして私は今ここで悪女のふりをする必要があるのでしょうか……？　前公爵様はここにいらっしゃいませんけれど）

隣のディランを見上げれば、彼はふわりと笑う。

「どうとでも思ってくれていい。彼女に関して、私はこの通りだ」

「「「……！」」」

それだけで、ジェセニアをはじめとした離れの使用人たちはしっかり納得した様子だった。部屋にいる人間は皆色めき立つ。

「なるほど。お洗濯が得意で猛獣使いで、旦那様にこんな優しい笑い方をさせるエイヴリル様が王都で有名な悪女なはずないですね。あの噂は一体どこから出たんですか？」

「ジェセニアさん、あいにく私は普通で申し訳なかったのですが……『悪女エイヴリル』については今度お話しさせてください」

（ディラン様が悪女をお好きだということが、使用人の皆様からの忠誠心を高めることにも繋がるのかと思っていましたが……どうやらそちらは私の勘違いだったようです）

思い違いをしていた自分を反省しつつ安堵のため息を漏らせば、ジェセニアは心配そうに聞いてくる。

「普通、って……ある意味普通じゃないですけど……まぁそれは置いておいて、エイヴリル様は大旦那様にお会いになりました？」

「ええ。一度ご挨拶を」

「大旦那様は本当に見境がありません。エイヴリル様みたいな清楚なおっとり系ご令嬢は好みど真ん中だと思いますので気をつけてください。離れの愛人の方々はここでの生活を楽しまれているので問題ありませんが……エイヴリル様は、大旦那様がこちらにいらっしゃる時間帯を避けた方がいいと思います」

「ご心配ありがとうございます。ですがその辺は問題ありませんわ」

にっこりと微笑めば、ジェセニアたちは不思議そうに首を傾げる。

けれど大丈夫。母屋でのエイヴリルは距離を置かれ、不思議そうにされ、一度だけ挨拶した前公爵には完璧に嫌われているのだ。

(ディラン様が完璧にカップを投げつけ、私は前公爵様を転がしましたから。とんでもない悪女だと思われているはずです)

――全く問題はないはずだった。

閑話◆愛人たちの結束

ディランとエイヴリルが母屋へ戻ったあと、離れには夕食の準備が整えられた。

広いダイニングルームにはルーシーをはじめとした愛人が四人。

今日のディナーに招待するメンバーはこの離れの実質的な主人であるブランドン・ランチェスター——前公爵、が決めた。

毎日、愛人たちの中から数人を選んで夕食に招待するのが決まりなのだ。

しかし今日のダイニングの一席は空席になっている。そこがテレーザの席だった。

席について離れの執事から今日の報告を聞いた前公爵は、驚愕して目を見開いた。

「テレーザ・パンネッラが屋敷から逃げただと……!?」

「はい。今日の日中にディラン様と面会をしている最中に窓から飛び降りて逃走を」

「何かの間違いだろう？　あの可憐《かれん》でかわいいテレーザがそんなことをするはずがない。お前、冗談を言うならもっとマシなものにするんだな」

「で、ですが……」

前公爵に睨まれてそれ以上報告ができなくなってしまった執事を見かねて、この愛人たちの中ではリーダー的存在のルーシーが助け舟を出す。

「ブランドン様。そんなふうに怒っては本当のことを報告できなくなってしまいますわ」

「だが、コイツは私の大切な恋人を侮辱したのだ。侮辱されたのがテレーザでなくルーシーでも私は同じように怒るな。不愉快だ」

「うふふ。ブランドン様はとても愛らしいお方ですわね」

「ルーシー……」

前公爵にとって、愛人たちは皆一人一人が大切な恋人だった。

たまに逆らうことがあっても、それは子猫の甘噛み程度にしか思えないかわいいもの。

清楚でおっとりした彼女たちがブランドンに本気で反抗することはないし、これまでに離れから逃げ出した愛人はいなかった。

十分に贅沢な暮らしをさせていたからでもあるが、そもそもそういう女はここにはいないからである。主に、ブランドンの好みと危機管理上の問題で。

(清楚で大人しい女性ばかり囲っているのは、面倒ごとを起こさせないためだ。……現に、ここからいなくなったのは無駄にプライドが高かったディランの母親だけなのだから)

爪を噛み、信じられない報告への動揺を隠せない前公爵に対し、執事はおずおずと続ける。

「ディ……ディラン様がテレーザ様のお部屋を調べたところ、クローゼットの奥の棚に仕掛けがしてあり、隠し扉が見つかったそうです。そこには微量の麻薬と仲介役と思われる人間への連絡方法を書いたメモが」

「なんっ……だと？　あいつが勝手にそんなことを!?　しかも麻薬が出てきたと!?」

「は、はい。ディラン様は元々テレーザ様を疑っていたそうで……このタイミングで領地にお戻りになられたのも、テレーザ様にお話を聞くためだったようです」

「そんな……テレーザ……」

がっくりと肩を落とした前公爵に、ルーシーがそっと寄り添った。

「ブランドン様には私たちがおりますわ。ですから、新しいものに目を向けるのはもうそろそろおやめくださいませ。愛人だって、皆が仲良く暮らせる今ぐらいがちょうどよいですわ」

「ルーシー……君は本当に穏やかで優しいな。今夜は君のところへ行くとするか」

「あら。うれしいですけれど、ディラン様から詳しいご報告を受けた方がよろしいのではと」

上品に微笑んだルーシーに軽くあしらわれてしまった前公爵は、ふんと鼻を鳴らした。

「それにしても、あの若造は母親の性質を継いだのか真面目すぎる。連れてきた女も最悪だった。早く揃って王都へ帰ればいいものを」

「「「「……」」」」

前公爵の言葉に、四人の愛人たちは微妙な間をとりつつ静かに顔を見合わせる。

実は皆、今日の『クラリッサはエイヴリルだった』が明かされたサロンにいた。だから洗濯メイドに見えて本当は次期公爵夫人だったエイヴリルのことを知っている。

洗濯物の回収で、にこにこてきぱきと働くエイヴリルにはいい印象をもっていたし、さっきサロンで見たディランとの初々しく仲睦《なかむつ》まじい様子を思い出せば、この場にいる愛人たちは言葉はなくとも自然と一致団結した。

ということで、順番に進言する。

「確かに……ディラン様が連れてきたあの子は、清楚で大人しいとは言い難いですわね」

「やっぱりそうなんだな!?」

「今日はご挨拶をしただけでしたけれど、テレーザ様を追いかけようとするディラン様を身体を使って止めていらしたような（本当は逆ですが）」

「何だと!?　身体で!?」

「公爵家のお金に関しても……随分興味がおありの様子でしたわ（帳簿関係に）」

「!?!?」

「ですが、ディラン様は彼女にすっかりご執心で手玉にとられているご様子でしたわ。婚約者に夢中だから、周りにどう思われてもいいと宣言していました（彼女の方は完全に意味がわかってないようだったけれど）」

「…………！」

前公爵の両手からカトラリーがぽとりと落ちた。顔面は蒼白《そうはく》、手はガタガタと震えている。

「噂には聞いていたが、あいつはなんて悪女を引き入れたんだ！　しかも完全に手綱を握られているとは……！　清楚でかわいくて従順な令嬢を選べばいいものを！　女を見る目がないとは最悪だな！」

唾を飛ばして怒鳴り散らした前公爵に、ルーシーは穏やかにたおやかに声をかける。

「ええ。私たちのように手綱を握りやすい、大人しい女の方がいいですわ。ですから、エイヴリル・アリンガム様のことはもう忘れましょう？　ね？」

「そ……そうだな……」

ぱちぱちと瞬く前公爵の口に、ルーシーはちぎったパンをひとかけら入れた。そうして、優しく微笑めば、皆も同意する。

「本当に、あの子はひどい悪女ですわ」

「ディ、ディラン様の好みはどうかしていますわ。ね？」

「え、ええ。ひど……ひどひどい悪女」

そうして、うまく丸め込まれた前公爵の夜は更けていった。


一方の母屋では、書斎で今日の反省会が繰り広げられていた。真ん中でうなだれているのは、この家の主人・ディランだった。

「まさか、テレーザ・パンネッラを取り逃すとは」

残念なことに、テレーザはいまだに捕まっていなかった。

あの後、テレーザの部屋を調べると、クローゼットの奥に小さな隠しスペースが見つかった。

棚の奥にもう一つ棚があるような単純な作りのそのスペースには、わずかな麻薬と仲介人の名前と連絡先の書かれたリストが置かれていた。

麻薬もリストも、その気になれば万一の際に数秒で処分できる量だった。

部屋を見せてほしいと言ったときにテレーザが「ほんの少しお時間を」と頼んできたのはそのためなのだろう。

見つかることを前提として、いざというときは窓から投げ捨てでもしてごまかすつもりだったことは簡単に想像できたが、まさか本人が窓から飛び降りるとは誰も思わなかった。

逃げたテレーザはそのまま広い庭を突っ切って走り、塀をよじ登って敷地の外に出た。

ランチェスター公爵邸は辺境の地にあるとはいえ、本邸の周辺はきちんと街になっていて辻馬車《つじばしゃ》なども拾いやすい。

追いかけた使用人がやっと塀まで辿り着き、結局塀を乗り越えられずに門まで回って外に出たときにはテレーザの姿は跡形もなかった。

主人を慰めるようにクリスが口を開く。

「テレーザがあのような行動に出るとは想像できませんでしたし、さらにあんなに足が速いなんて誰が知っていたでしょうか。経緯を知ればローレンス殿下もわかってくださるかと」

「確かに、経緯を思えばどうにもならなかった部分はある。ローレンス殿下もエイヴリルが潜入していなければ証拠を摑めなかったと思うだろう。……しかし、彼女は逃げている。これが事実だ」

「ディラン様……」

「とにかく、この街にはテレーザを指名手配した。明日には周辺の地域まで捜索の手を広げる。私も出る。クリスも来てくれ」

「……かしこまりました」

一方のエイヴリルは二人の会話を神妙な顔で聞いていた。

（ローレンス殿下がこの件を依頼したのは、ランチェスター公爵家に関わる問題だとしてもきちんとした判断ができるとディラン様を信頼していたからこそです。テレーザ様が逃げおおせてしまったのは、不幸な条件が重なってしまったことが原因ではありますが……ご自分にも厳格でいらっしゃるディラン様は、それを理由として開き直るようなことはできないのでしょう）

そうして、切り出した。

「私もディラン様の意見には賛成ですが、ローレンス殿下が潜ませたもう一つの意図も汲《く》むべきではと思います。ローレンス殿下はランチェスター公爵家の『愛人たちが暮らす離れ』の解体の手助けをしてくださったのですよね」

「……エイヴリルは気がついていたのか」

「はい。麻薬取引への関与を疑われたことを口実にすれば、手っ取り早いですものね」

ローレンスはディランのことを弟のように大切にしている。

ディランの母親が家を出るきっかけとなり、トラウマのもととなった『すきものの老いぼれクソじじい』の離れをなくすために心を砕いているのはエイヴリルから見ても明らかだった。

王都のタウンハウスの書斎には、家庭教師など淑女への求人や新たな奉公先、修道院についてまとめた資料があった。

ディランが直接手を下さなくても、前公爵の年齢を考えればいつかは愛人用の離れが必要なくなるのは目に見えている。

水面下でディランはずっとその日に向けた準備を進めていたのだろう。

積極的に進めはしなくても、公爵家の主としてそこで暮らし働く人々に責任を持つ。その姿勢が、この上なくディランらしく思えてエイヴリルは微笑んだ。

「……準備はできているのでしょう？　でしたら、テレーザ様の捕獲はローレンス殿下に助けていただいて、ディラン様はこれまでずっと心を砕いてきた『前公爵様の離れ』をなくす方向に動かれるのがいいのでは、と」

「確かにそうなのかもしれないな」

「それに……私は本当のクラリッサさんがどこへ行ってしまったのかがとても気になるのです」

「その本物のクラリッサの件だが」

エイヴリルの言葉にディランは頷くと、書斎の机の引き出しの中から一枚の書類を取り出した。

経歴書のように見えるそれをディランは読み上げる。

「クラリッサ・リミントン。没落したリミントン子爵家の三番目の娘で、頼み込まれて離れの使用人として雇うことに決めたそうだ。ついでに、リミントン家には数ヶ月分の給金を前払いしているらしい」

「クラリッサさんのこと、ディラン様も気にかけられていたのですね」

「ああ。だが、雇うことにした張本人の前公爵は、クラリッサが到着する日すら知らなかったようだ。愛人として囲うつもりではなかったのだろう」

「なるほど……」

（ですが、ここでの使用人の皆様のお話を聞いていると……クラリッサさんが身の危険を感じていてもおかしくありません）

離宮の洗濯メイドとして潜入していたエイヴリルは、何度も『大旦那様のお気に入り』になって愛人に昇格すればさらに楽な暮らしができる、と聞かされていた。

実際に、離れで暮らす愛人のうちの数人はそういう経緯で今の地位を手にしたというのだから、本当のことなのだろう。

黙り込んでしまったエイヴリルだったが、ディランも同じことを考えているようだ。

「好色家の老いぼれ公爵の目に留まってしまうかもしれない場所で働くのは、彼女にとっても恐ろしいことだと思う。だから、私も彼女が到着せず代わりにエイヴリルがクラリッサだと勘違いされていることを知っても特に訂正はしなかった。――本人が自分から消えたのであればな」

「ええ」

（本当にそうだったらいいのですが……）

リミントン子爵家に関しては、散財や事業の失敗など悪い噂を聞いたことがない。つまりそれなりに堅実な家柄のはずだ。

そんな家で育った令嬢が、事前に給金を受け取っておきながら約束を反故《ほご》にしたりするだろうか。

なんとなく胸騒ぎがしたけれど、今エイヴリルにできるのはただ一つ。

（クラリッサさんが消えてしまったことからもわかるように、この本邸の離れが存在し続けること

はランチェスター公爵家の品格に関わります。ディラン様がそれを憂慮されているのですから、何とか私もお手伝いをしましょう）

ただそれだけだった。

第七章◆悪女はティータイムを満喫する

数日が経《た》ってもテレーザは見つからなかった。

母屋のサロンで午後のお茶の時間を過ごしていたエイヴリルは、空になりかけたカップを見つめてふぅと息を吐く。

「テレーザ様はまだ見つからないのですね」

「ああ。だがローレンス殿下がさらに多くの人員を割いてくれている。エイヴリルは気にしなくていい」

ディランが心配でないはずはないのだが、エイヴリルが気にしないで済むように言ってくれているのは明白だ。これ以上聞くべきではないのだろう。

かしこまりました、と微笑んだエイヴリルは別の話題を選ぶことにした。

「今日のお茶はグレイスとクリス様が用意してくださったのです。二人から、少しでもゆっくりしてほしいというお気遣いをいただきました」

「……なるほど。それでこんな豪勢なのか」

今、エイヴリルとディランの目の前にはたくさんのお菓子が並んでいた。

二人では絶対に食べきれない大きなイチゴのタルトが真ん中に鎮座している。ほかには、鮮やかなベリー色が目を惹《ひ》くムースケーキ、かわいらしく彩られたプディング、クリームたっぷりのカップケーキ。仕上げに、カラフルなマカロンなどの焼き菓子が甘い匂いを漂わせていた。

この華やかなテーブルセットは、王都のランチェスター公爵家でも誰かを招いたお茶会のときにしかお目にかかることがない規模の珍しいものだ。

ディランの呟きに応えるように、部屋の隅に控えていたクリスがニコニコと微笑む。

「こちらでの滞在はまだ少し長くなるのでしょう。でしたら、たまには息抜きを。ディラン様もエイヴリル様も、こちらに来てからずっとお忙しくされていますから」

「クリスさん、グレイス。本当にありがとうございます」

エイヴリルが丁寧にお礼を伝えると、クリスとグレイスは笑ってくれた。

昨日、このマートルの街には、ローレンスの命令を受けてたくさんの捜査員が到着していた。

国が動き出したのだから、エイヴリルたちは王都に戻ってもよかった。けれど、今は『離れの解体』に向けて動いている。それが叶うまでは、ディランはこの領地を離れることがないのだろう。

（あの離れで暮らしている愛人の皆様はとてもよい方々ばかりですが……。ランチェスター公爵家が愛人の方々を囲っておく特別な宮殿を持っているという事実は社交界の醜聞であり続けます。それに、解体問題については、前公爵様がもっとお年を召されたときに同じ問題が浮上するに違いありません。でしたら今向き合うべきなのでしょう）

そもそも、この国では第二夫人は認められていないのだ。愛人をもつ貴族の男性は多いが、こんなふうに罪悪感なく大っぴらなのは珍しすぎる。

（それだけ、前公爵様には倫理観が欠如していらっしゃるのでしょうね……）

先日面会したときに投げつけられた『もう少し淑女らしくかわいい態度をしていればかわいがってやったものを』という言葉を思い出せば、エイヴリルとしてはとても残念な方だという感想しか出てこない。

ディランの心労を思い、悲しくなってきたところでサロンの扉が叩かれた。

「どなたでしょうか。今日、このサロンはディラン様とエイヴリル様にくつろいでいただくため、ほかの使用人の立ち入りを禁止していたはずですが」

クリスが不思議そうにして扉を開けると、心から会いたくない人間の顔が見えた。

「エイヴリル・アリンガム。よくも私の大切な恋人を追い出してくれたな」

「…………」

それは、忌々しげな視線を送ってくる前公爵だった。

一瞬でエイヴリルの脳裏をジェセニアたちの注意が駆け巡る。『エイヴリル様は、大旦那様がこちらにいらっしゃる時間帯を避けた方がいいと思います』とまで言ってくれた、離れの使用人たちの注意が。

（少し……いいえものすごく自意識過剰な気はしますが、使用人の皆様からの情報は正しいことが多いですから。つまり、私は前公爵様に嫌われる悪女悪女悪女……！）

見た感じ、すでにものすごく嫌われている感じはするが、警戒するに越したことはなかった。

ということで、今日ここでは完璧な悪女を演じなければいけない。

エイヴリルは立ち上がろうとしたディランをびしっと片手で制し、ゆっくりと立ち上がる。

「一体、私がテレーザ様に何をしたというのです？」

「抜け抜けと何を！　テレーザに意地の悪い罠《わな》を仕掛け、窓から飛び降りて逃走するように仕組んだのはお前だろう？　麻薬だってお前が持ち込んだに違いない。何せ、王都でも有名な悪女なんだからな」

（テレーザ様に罠を仕掛けられたのはどちらかというと私の方なのですけれど……！）

脳裏に突っ込みが浮かんでしまったが、ここで弁解するのは悪女らしくない。それに、ディランがテレーザを必死で探していることは知っている。

これ以上、ディランの前でこの話を長引かせたくなかった。

「いい加減に」

「ディラン様、もう少しお待ちくださいませ。私は前公爵様にお伺いしたいことがあるのです」

エイヴリルはこの上なく険しい顔をしたディランが口を開こうとしたのを制止し、話題を変えることにした。

聞きたいことはいくらでもある。

この数日、領地の帳簿関係を細かくチェックしていたエイヴリルは、離れでの前公爵のお金の使い方についてある疑問を持っているのだ。

「……大旦那様はテレーザ様にきちんと何不自由ない暮らしをさせていたのでしょうか？」

「何だと!?　テレーザが逃げ出したのは私のせいだというのか。フン、この性悪女め」

忌々しげな視線を送ってくる前公爵に、エイヴリルはにっこりと微笑んだ。

「大旦那様は、定期的に愛人の皆様に贈り物をされていますよね」

「それがどうした。愛人を囲う者として当然のことだろう？」

「ですが、テレーザ様のお部屋には、大旦那様が贈ったプレゼントは何一つありませんでした」

「何を？　そんなはずはないぞ。宝石だけはまだ贈ったことがなかったが……あれが身につけていたドレスも靴も、全部私が贈ったものだ」

「本当でしょうか？」

「しつこい」

これ以上なく面倒そうな顔をしてあしらわれてしまったが、エイヴリルは怯《ひる》むことなく続ける。

「たとえば、テレーザ様のクローゼットにかけられているドレスはどれも王都で人気のドレスショップの新作のようです。ですが、大旦那様がこの半年ほどでテレーザ様に贈ったのはトラディショナルなデザイン……清楚でフォーマルと言えば聞こえはいいですが、おしゃれに敏感な淑女からすれば古臭さを感じるものが多かったのではと」

「それが何だというんだ。テレーザだって喜んで受け取っていたぞ」

「ですが、そのドレスは一枚もクローゼットにありませんでしたわ。おそらくテレーザ様は贈り物を売って好みのドレスを取り寄せていたのかと」

「何を馬鹿げたことを。あのかわいいテレーザがそんなことをするはずがないだろう。テレーザはあの見た目とかわいらしい話し方の通り、清楚で大人しいんだ。……大体、なんでお前は私が贈ったドレスのことを知っているんだ」

それはもちろん本邸に関わる帳簿をチェックしたからである。

前公爵がテレーザにたくさんのドレスを贈ったことは記録に残されていたが、しかし彼女の部屋を確認したところ肝心のドレスがどこにもなかったのだ。

（前公爵様は、愛人の皆様や使用人の方々が不自由することなく楽しく暮らしているとお思いですが、そうでないこともあります）

エイヴリルは目の前の前公爵を見つめながら、ランチェスター公爵家に到着しなかったクラリッサのことを思う。

どんなに高い給金を与え、個室を持たせ、愛人ならば贈り物をしても、本人が本当に望んで幸せなのかはわからないのだ。

（もちろん、本当に幸せな方もたくさんいらっしゃるとは思いますが、そうでない方を囲うのは、その方にもランチェスター公爵家にとってもいいことではありません）

しかも、悲しいことに前公爵はそのことに気がついていない様子である。

前公爵が押し付ける『清楚で大人しい令嬢』の理想は幻想だということ。

そして、自分がどんな目で世間から見られているかに気がつくこと——それは、離れ解体へのきっかけにも思えた。

（ここは、前公爵様が自分の趣味を押し付けていることに気づいてもらうため、悪女として『くだらない贈り物をするんじゃないわよ！』ぐらいお伝えすればいいでしょうか……！）

　エイヴリルはぐっと拳を握る。

「領地入りしてから、ディラン様に本邸の帳簿を見せていただきました。本来の目的とは違いますが、前公爵様が愛人の皆様に贈られたプレゼントのリストからはさまざまな事情を察することができました」

（さあ、ここで『自分の好みを押し付けて相手を否定する、くだらない贈り物をするんじゃないわよ！』と偉そうに言えばいいのです……！）

　いよいよ悪女のふりもクライマックスにさしかかる、そう思ってエイヴリルが気合を入れたとき。

　前公爵は人を見下すように冷ややかに笑った。

「帳簿を見たのか？　あれは女が見てもわからないだろう」

「！」

　馬鹿にしたように言われて、エイヴリルは目を丸くしたあとくすりと微笑む。

　別に驚いたわけではなく、懐かしかったのだ。この辺は、実父のあしらいで慣れたものだったから。

「まあ。そのようにお考えでしたら、それで問題ありませんわ」

「つまり、その言い方だとお前は自分で帳簿を読んで理解するのか？」

「当然のことですわ。悪女たるもの、家の懐事情に不安があっては本気で遊べませんもの。気にせずに遊ぶ悪女は二流ですわ」

「なるほど。お、お前のような悪女の考え方としては意外なほど堅実だな」

「私がこうして幸せに暮らしているのはディラン様のおかげですが、それは領民の皆様の暮らしが満たされているからこそ幸せに思えるのです。領主ばかりが豊かではいけません。それもわからない悪女は悪女の風上にも置けませんわ」

「……!?」

会話はなぜか弾んでいるが、なかなか決め台詞のターンがやってこない。

焦《じ》れはじめたエイヴリルとは対照的に、一体どういうわけなのか前公爵は天啓を受けたようだった。

「なるほど。これまでの会話を踏まえると、お前は離れの愛人たちにもっと手厚く接しろというのか。愛をもって相手に接し、理解を深めることが大切だと」

(ん?)

まんざらでもない様子で前公爵が言い出した言葉に、エイヴリルは首を傾げた。

エイヴリルはただ、前公爵がテレーザに自分の趣味を押し付けていたことに気がついてほしいだけだった。しかし一体どうしてそんな展開になるのだろうか。

心底意味がわからないでいるエイヴリルに、前公爵は追い打ちをかけてくる。

「発言や聞こえてくる噂は本当にどうしようもない悪女だが、考え方は……その、悪くないな。私はどんなに批判されても自分がしていることを貫いてきたつもりだが、肯定されたのは初めてだ」

「!?」

(待ってください。私は肯定なんてしていません。それなのにどうして……!?)

「むしろ、ひどい悪女と評判なのは何かの間違いではないのか？　皆、エイヴリル・アリンガムの本当の姿を知らないと言った方がしっくりくるような」

「!?!?」

ほんのり頬を染めた前公爵に、ひゃっと悲鳴が出そうになる。

(なぜか勝手に勘違いした前公爵様から好感を持たれている気がします……!?)

思わずディランに視線で助けを求めれば、ディランは待っていたかのようにエイヴリルが制止のために差し出していた手をぐっと握った。

その表情は、余裕に満ちているように見える。

「エイヴリル。そろそろいいか？」

「……もちろんです……」

口を出さないでほしいと制したのはエイヴリル自身だったが、信じられないほどあっさり敗北してしまった。

これ以上余計なことを言って泥沼にはまるよりは、ディランに任せた方がいいだろう。

そう思い、エイヴリルが大人しくソファに腰を下ろした瞬間、ディランは高圧的に切り出した。

「テレーザが窓から飛び降りて脱走したのは、実家がらみの麻薬取引に心当たりがあったからこそだ。……そもそも、あなたがそれを知らなかったこと自体、おかしなことだと思っている」

「何だ、偉そうに。婚約者の前でいい格好をしようとするのはやめた方がいいんじゃないか？　お前は私の子どもで、私に勝つことなどありえない。恥をかくだけだ」

「人を見る目がないというのは何と残酷なことか。その体たらくで、一時期でも公爵家の当主だったことが恐ろしいな」

「な、何だと……!?」

ディランと前公爵の間では厳しい会話が続いているが、残念ながらエイヴリルはほかのことを考えていた。

(さっきの前公爵様の『悪くないな』という私を評した言葉ですが……。今日が終わったら、私は王都のタウンハウスに帰される気がします)

どういうことなのか、エイヴリルはこの数分間の会話の間に好感を持たれてしまったようだ。

ディランは、この領地にエイヴリルを連れてくることを渋っていた。その理由は、前公爵と関わらせたくなかったからである。

もし、前公爵がエイヴリルに好感を持ったとしたら、たとえエイヴリルがどんなにたくましくても、ディランはエイヴリルが穏やかに過ごせることを一番に考えるに違いなかった。

(つまり、このままでは私はディラン様を置いて王都に戻らなくてはいけなくなります)

邪魔になるというのなら悲しみを堪えて一人で帰るが、この領地滞在中に手伝いをしていたときの、ディランの柔らかな表情が脳裏に浮かぶ。

(ディラン様は……私の手伝いを確かに喜んでくださっていた気がします)

それは、アリンガム伯爵家で父親の手伝いをしていた頃のエイヴリルには覚えることのできなかった感情だった。

――当たり前に領主の補佐としての仕事をこなし、感謝されることはないけれど、使用人仲間や領民たちが幸せそうにしていることに安堵する。

そんな毎日を送っていた頃からは考えられない、誰かに必要とされ、認められ、愛されているという温かい感情が湧き上がる。

（私は一人で帰るわけにはいきません……！）

はっきりと決意したものの、具体的にはどうしたらいいのか。

隣と斜め向かいでは、ディランと前公爵の言い争いが続いている。

「離れの解体についてはずっと考えてきたことだが、この滞在中に実行しようと思う。この本邸の敷地の一部を占める離れの使い方を改めるべきだ」

「なん……っ!?　そんなことを許すはずがないだろう!?　家督を譲ったからと言って好きにできると思ったら大間違いだぞ、フン」

「そう思っているのは貴殿だけだ。老害とは気の毒で滑稽なものだな」

「言わせておけば若造が……！　大体、お前はずっと私との会話自体を避けていただろう。こうしてまともに話すのは何年振りだ？　父親ともまともに話さない臆病者に、その父親の離れを解体できるはずがないだろう」

（……！）

不快そうにディランが応じる前に、エイヴリルの身体は動いていた。

ソファから立ち上がるとディランの肩に手をかけ、耳元で囁く。

「臆病者なんて、随分な言い方ですわね？　ディラン様」

「……ああ」

いきなり悪女のふりに戻ったエイヴリルに、ディランは明らかに動揺しているが、気にしている場合ではなかった。

（こんなにお優しくて、自分よりも領民や私たちのために心を砕いてくださるディラン様にそんなことを言うなんて許せません……！）

エイヴリルは、心からぷんすか怒っていた。

ディランの肩に手をかけたまま、前公爵に向かってしっとりと問いかける。

「前公爵様はディラン様のことを『若造』と言っていますが、本当にそうでしょうか？」

「ふん。当然だろう。爵位を譲られても、何もできない子どもだ。そうだろう？　〝エイヴリル〟」

「あら。私の名前を呼んでいいのはディラン様だけですわ？」

そう答えると、エイヴリルは失礼します、とディランの膝に座った。

ディランからはわずかな動揺が伝わってくるが、今はそれを気にしている場合ではない。エイヴリルは怒っているのだ。

（今悪女になりきる目的は二つあります。一つは、前公爵様に悪女だと思わせて、王都へ戻らなくて済むようにすること。もう一つは、ディラン様を子ども扱いする前公爵様の鼻を明かすことです……！）

前公爵はまだ若く代替わりしたばかりのディランが完璧に公爵家の主を務めていることを知っている。

　にもかかわらずディランを子ども扱いし侮辱する前公爵の考えを改めさせるには、大胆な方法を選ぶ必要があるのだろう。それは『ディランがランチェスター公爵家の当主として広く評価されている』以外の切り口でないといけないと思えた。

（コリンナが殿方をお部屋に招いているところにお茶を持っていったことがありますが……。確かこんな感じで膝に座り、お菓子を食べていた気がします）

　あのとき、着ているものが若干はだけていたような気がするが、それが乱れてなのか元々薄着だったのかはエイヴリルには判別できなかった。

　しかしとにかく、今は真似をするだけである。

「前公爵様は悪女の尻に敷かれる楽しさをご存じないのですね。女性を支配するのではなく支配される喜びがわからないなんてお気の毒。まだまだお子様ですわ」

「……!?」

　ここのところ、悪女が活躍する推理小説を愛読しているので、言葉だけはスラスラ出る。困惑する前公爵を前に、エイヴリルはテーブルの上から小さなタルトを一つ直接手に取った。

　とりあえず、それをコリンナがしていたように口へと運んでみると、甘酸っぱいイチゴの香りが口いっぱいに広がった。

（さすがランチェスター公爵家のシェフが焼いてくださったタルト、おいしいです）

もぐもぐと食べていると、何だか視線が集まっているのがわかった。前公爵とクリス、グレイスまではまだ理解できる。

しかし、これが悪女のふりだと理解して話を合わせてくれているはずのディランまでなぜかこちらを凝視していた。一体どういうことなのだろうか。

(……?　ディラン様はこれを召し上がりたいのでしょうか)

なるほどそうかもしれません、と納得したエイヴリルがもう一つタルトを取ろうとテーブルに手を伸ばしたところでそれをぎゅっと摑まれる。

「これでいい」

「――!?」

エイヴリルはあっと息を呑んだ。

あろうことか、ディランはエイヴリルの食べかけのタルトをそのままぱくりと食べてしまったのだ。

(お行儀が悪いです……いえ悪女だから問題ない……っていえいえそんな!)

殿方の膝を椅子にしてお茶を楽しむ、色っぽくて高飛車な悪女になりたかったのだが、ディランの想定外すぎる反応に目を瞬くばかりだ。

もぐもぐ咀嚼《そしゃく》するディランの顔が近い。その表情は落ち着いているのに、ほんの少しだけ悪戯《いたずら》をしているような余裕が感じられる。

(ど、どうしましょう……)

小さなタルトは、エイヴリルの一口、ディランの一口、で残りは一口ほどになっていた。この残りの一口の行く先はどうしたものか。

エイヴリルはじっと自分の手の中に残る手づかみのタルトを見つめる。

（きっと、悪女のコリンナなら、殿方が口をつけたものを食べてしまいますけれど……！）

全く馴染みのない文化に固まっていると、ディランが楽しげにこちらを見ていることに気がついた。

それは、完全に悪女を見る視線ではなく、子どもや動物を見るものと同じだ。

そういえば、この前は『窓から飛び降りてテレーザを追いかけそうな子ども扱い』をされた気がする。あれはちょっと不本意だった。

（汚名返上のためにも、これは食べるしかありません……！）

覚悟を決めてタルトを口に運ぼうとしたところで、ディランにタルトを持った手をもう一度摑まれた。

「!?」

顔が近い、と思う間もなく、ディランは残った一口をエイヴリルの手からそのまま食べた。

驚きながら、自分の手に残ったクリームと咀嚼するディランを交互に見つめれば、ディランはまた笑った。

「いつもこうなんだろう？」

（!?　無理です。ディラン様が……悪女のふりにノリノリすぎます……！）

というか、これはもはや悪女のふりではないのではないか。

けれど、エイヴリルは頭が真っ白になり目が回りかけていて、ディランが楽しんでいることにも気づけない。

「い、いつもこう？　縁談は片っ端から断り、どんな女性も邪魔者扱いだったお前が？」

これ以上なく怪訝そうな前公爵の声が耳に届き、エイヴリルがあわあわとしかけたところで、見守っていたクリスが助けに入ってくれた。

「エイヴリル様はいつもお茶の時間をこのようにお過ごしになられるのです」

「そ……っ、そうですわ。クリスが言う通り、いつもディラン様は本当にちょうどいい椅子で」

これで説得力は増すに違いない。

クリスからのフォローに天の助けとばかり同意すれば、前公爵はますます困惑した様子だった。

「い、椅子？」

「座り心地抜群ですわ」

「……ふっ」

なぜかディランが噴き出してしまった。

この場合、言及するのは座り心地ではなくお菓子の味の方だったのか、と失態に一瞬後悔すれば、部屋の隅で見守っていたグレイスも助け舟を出してくれる。

「エイヴリル様がこの状態でお茶を楽しまれているときに、お菓子と紅茶を切らすと怒られます。カップとお皿が飛んできます」

「！　そ、そうですわ。私はメイドにもカップとお皿を投げてキツく当たりますし、ディラン様は椅子で、私の玩具なのです」

「玩具……」

前公爵に向けて言ったはずなのに、またディランが反応してしまった。

もしかして何か間違ったことを言ったのかもしれない、と不安になれば、ディランはすぐにまたいつもの表情に戻る。

「いや、合っているな。私はエイヴリルに翻弄されてばかりだ」

その優しい言い方に、エイヴリルはディランの肩を握っている手に力を込める。

(ディラン様、悪女のふりに付き合ってくださってありがとうございます)

「……私には、愛人を囲う離れを持つ前公爵様の気持ちが全然わからないのですわ。だって、一人の女性に夢中になれない殿方は人間としても男性としてもまだまだお子様なんですもの」

「エイヴリルが言う通りだ。そのうえ、離れの管理が行き届かず犯罪の温床になるとはな。恥を知れ」

ディランが冷酷に言い放てば、ひどく批判されたにもかかわらず、前公爵は意外なことにぽかんと口を開けるばかりだった。

「……な、なるほど……？」

前公爵がどうも不思議そうな顔をしながら母屋のサロンを出ていった後。

エイヴリルはディランに謝罪する。

「ディラン様、先ほどはお膝の上に座りまして申し訳ありませんでした……！」

「いいんだ。面白かった。その証拠に、私もエイヴリルに対して普段はしない振る舞いをしただろう？」

二人で一つのタルトを食べたことを思い出したエイヴリルはこくりと頷いた。

「はい。あまりにもノリノリでしたので、私が戸惑いました」

「さっきのやりとりは、人から見たらくだらないものに見えたかもしれないが……。私にとっては意味があるものだった」

「さっきの悪女のふりがでしょうか？」

一体どういうことだ。

どうしても意味がわからなくて思いっきり首を傾げれば、ディランはふっと笑った。

「愛人に傾倒し、エイヴリルの仕草に翻弄されるあの男をどうしようもなくくだらないと思った。これまで、あの男との関わりは避けてきた。だがそれすら馬鹿馬鹿しいと思えるほど、どうしようもない人間だと気がついたんだ」

「ディラン様……」

（ディラン様は、前公爵様に関する話題をずっと避けていらっしゃいました。複雑な事情があり、お母様への想いもあってのことなのでしょうが……。もしかして、これが新たな一歩を踏み出すきっかけになったのかもしれません。その瞬間に立ち会えたのだとしたら、うれしいです）

そんなことを考えたエイヴリルは、ディランの手を取る。

「……ところで、私はまだ王都のタウンハウスに帰りませんから。前公爵様にも立派な悪女だとご確認いただけましたし、まだまだこの領地でディラン様のお手伝いをさせていただきます」

「……わかった。エイヴリル、頼りにしている」

苦笑しつつ、ディランは優しくエイヴリルの髪を撫でる。

それに笑みを返せば、グレイスが二人にお茶を入れ直してくれる気配がする。

領地で過ごす忙しい時間の中、嵐のような訪問の後に訪れた穏やかなティータイム。

二人は、束《つか》の間《ま》の甘い時間を満喫していた。

閑話◆ブランドン・ランチェスター

お気に入りで大切な愛人の一人、テレーザを追い出されたことで、前公爵――ブランドン・ランチェスターは怒っていた。

一度はルーシーたちに宥《なだ》められ落ち着いたものの、やはり腹の虫はおさまらない。

追い出した張本人である息子とその婚約者が、母屋で人払いをしお茶会をしていると聞いたブランドンは『よくもテレーザを追い出したな！　そしてこそこそとまたよからぬことを考えているのだな！』と怒鳴り込んだはずだった。

それが先ほどのことだ。

怒鳴り込み、逆にある意味こてんぱんにされて離れへと戻った彼は、一番信頼する愛人・ルーシーの部屋で晩酌を楽しんでいた。

「ブランドン様、今日はどうなさったのですか？　随分ぼうっとしていらっしゃいますね」

ルーシーに優しく話しかけられて、ブランドンは自分が上の空だったことに気がついた。

そうして手にしていたグラスを置くと、頭を抱える。

「ルーシー……。私は、女性の好みが変わった可能性がある」

「まあ。もしかして、また新しくこの離れにお迎えしたい女性ができたのでしょうか？」

「……」

それはちょっと違った。

しかし、ふふっと微笑むルーシーに、ブランドンはありのままを話すことにした。

「私は〝尻に敷かれる〟の意味をどうも履き違えていたらしい」

「あら。ブランドン様がお嫌いな、意のままにならない粗暴な女性についてのお話でしょうか？」

「そうだ。男を尻に敷く女は、家長を軽んじて言うことを聞かず、愛らしさのかけらもない、かわいげのない存在だと思っていた」

ルーシーはぱちぱちと瞬きをした後、清楚ながらもどこか色っぽい笑みを浮かべた。

「それで、今日ブランドン様が理解した〝尻に敷かれる〟の本来の意味とは、一体どのようなものなのでしょう？」

「よく聞いてくれた。それは、椅子になることだ……」

「まぁ」

「あの、エイヴリル・アリンガムは変だ。大嫌いな種類の女のはずなのに、どうもそうではない気がする」

「まぁ」

「確かに、振る舞いと言動は性悪な悪女に近いが……よく見ていれば挙動不審で振る舞いがちぐはぐでしかない」

「あらまあ。それはそれは」

「しかも、この離れに一度出入りしただけで皆の状況を把握し、私の愛が行き届いていないと指摘してのけたのだ。さらに帳簿を読み解き、領地経営を助けるつもりでもあるらしい。こんな女は初めてだ。あの女、一体何者だ……？」

心底意味がわからないという表情のブランドンのグラスに、ルーシーはお酒をトクトクと注《つ》ぎ足《た》す。

そうして、悪女とは随分奥が深いですわね、と笑ったのだった。

【書き下ろし番外編Ⅰ】

ディラン・ランチェスターの手紙

王都のタウンハウス、夜の書斎。

ディラン・ランチェスターはしばらく会っていない母へと手紙を書いていた。

オレンジがかった灯りの下で、意思とは裏腹にインクがスルスル伸びていく。

耳触りのいい言葉ばかり並べたところで、ペンを置き完成目前だった手紙をくしゃりと丸めた。

「こんな空っぽの手紙、受け取っても困るだけだろう」

十数年前、ディランの母はランチェスター公爵家を出た後、国の中でも北部にある実家の侯爵家へと戻った。

ランチェスター公爵家の跡取りとされていたディランは当然同行を許されなかった。

それ以来、北部にある母親の実家を何度も訪れたが、見るたびに母親はやつれていった。

ディランが大人になったことも理解していないようで、いつでも夢の中にいる人だ。

幼い頃はそれを母から引き離された辛《つら》い思い出だと捉えていたが、今になってみればそれでよかったのかもしれないと思ってしまう。

（母上は、俺が大人になって父親に似た外見になったことにいつ気がつくだろうか）

ずっと心の中にあった恐怖を思い出してため息をつく。

自分が母親の支えになれればよかったが、叶わなかった。

けれど、もしそうなっていたとしたら。

支えだった息子が憎き元夫に似てきていることに気がついたとき、あの優しくて脆《もろ》い母親はいよいよ耐えられない気がした。

「――ディラン様？」

ふと聞こえた声に、ハッとする。

見ると、エイヴリルが書斎の扉から顔を覗かせていた。

「ああ、どうしたんだ？　こんな時間に」

「はい、枕元の灯りの電球が切れてしまいまして。こんな時間ですし、使用人の皆様にお願いするのも忍びないので、自分で」

エイヴリルは朗らかに笑いながら手にした電球を見せてくる。

「…………」

「大丈夫です。勝手に備品倉庫にお邪魔しましたが、誰にも迷惑はかけていませんから」

あまりにもたくましすぎる自分の婚約者と、あまりにも儚い自分の母親が重なった。

そうして、あまりにも大きすぎる両者のギャップにディランはつい笑ってしまう。

「……エイヴリルは本当にたくましいな」

「ありがとうございます」

「それで、どうして電球を持ったままここへ？」

「通りかかったら灯りがついていたもので。まだ何かお仕事があるのでしたら、ぜひお手伝いをさせてください」

エイヴリルは、電球と羽織っていたストールを棚の上に置き、張り切って声をかけてくる。

きっと、ディランがここでこうしているのは仕事が立て込んでいるせいだと思っているのだろう。

これまでほとんど誰かに頼ることがなかったディランにしてみれば、自立していて何でも自分でこなそうとするエイヴリルの考え方はとても新鮮だし共感できる。

それがとても好ましいところなのだが、さすがに婚約者の睡眠時間を奪いたくはない。

「ただ、私的な手紙を書いていただけなんだ。終わったらすぐに休むから、エイヴリルももう部屋に戻っていい」

「お手紙ですか？　そうだ、私、この前この書斎を整理していて、とても素敵な便箋を見つけたのです。私的なお手紙でしたら、ぜひそれをお使いになるといいかもしれません」

「便箋？」

この書斎にあるのはビジネス向けのシンプルな便箋ばかりのはずだ。

首を傾げたディランだったが、エイヴリルは素早い動きで書斎机近くのキャビネットまでやってくると、迷わずにある扉を開けた。

こういうところは、さすが『一度見たら忘れない』記憶力を持つだけある。

そうして便箋を取り出すと、差し出してきた。

「こちらです。随分古いもののようですが、棚の奥にあり、あまり劣化することなく保管されていたようです」

それは花の模様で縁取られた便箋だった。

淡い色は消えかけているところもあるが、それでも問題なく使えそうな美しい便箋である。

ディランの父がまめに愛人たちに手紙を書いていたことを知っているが、愛人同士で優劣が生まれるのを避けるためにいつもビジネス仕様の白い便箋を使っていた。

ということは、この便箋の持ち主は自分でも父親でもないことになる。

(もしかして)

花を贈ると喜んでくれる母の顔が思い浮かんだ。

「これは俺の母親のものかもしれないな。ちょうど、母に手紙を書いているところだった。まもなく久しぶりに領地入りをすると」

「……そうだったのですね。失礼いたしました。では、ほかの便箋の方がいいかもしれませんね。もしよろしければ、私の便箋をお使いになりませんか？」

「え？」

「紙が変われば、思いつく内容も変わるかもしれませんから」

そう言いながらエイヴリルは机の上に視線をやる。

そこには、書き損じてくしゃくしゃになった手紙が数個丸められていた。

普段はどこまでも鈍感なのにこういうところには本当によく気がつく婚約者に、ディランは思わず笑みを漏らす。

「ありがとう。では『この便箋は婚約者にもらったものだ』という自慢から始めてもいいだろうか？」

「ええ、ぜひ」

かわいらしい婚約者の機転に、母親への手紙はいつも決まりきった文句しか浮かばない自分が、救われた思いがした。


数日後、ディランはエイヴリルとともに領地へと向けて出発した。

（結局、手紙は書き終わらなかったな）

母親に向けて『定型文でない手紙』を最後に出せたのはいつのことだっただろうか。

せめて久しぶりに領地入りする前に、と思ったものの、自分が家督を継いだことを書こうとするとどうしても筆が止まってしまう。

けれど、いつまでもその知らせを避けていたらずっと先には進めない気がして、エイヴリルにもらった便箋を何枚も無駄にしてしまっていた。

ところで、ランチェスター公爵領は南の辺境の地にあるとはいっても、この国は鉄道網が発達している。

そのため、移動にさほど日数はかからない。

長距離を結ぶ鉄道に乗り込んだディランは、緊張から少しの肌寒さを感じていた。

エイヴリルはそれを察したようで、一体どういうことなのか自分の膝掛けを差し出してくる。

「ディラン様、もしよろしければ私のブランケットをどうぞ」

「大丈夫だ。……というか普通、こういうものは男性が女性に渡すもののはずだ。逆だ」

「えっ!?　あの、いいえ。私、寒さには強いんです！　長年過ごしてきた使用人用の部屋には暖房がありませんでしたから！　寒い日には仲良しのキーラと一緒に服を重ね着するんです。私はコツをおさえているので何枚だって着られるんですよ」

随分と楽しそうかつ誇らしげに語っているが、それは自慢するようなエピソードなのだろうか。少なくとも、ついこの間まで悪女を演じていた人間にはふさわしくないのではないか。

つい心の中で突っ込んでしまったが、天真爛漫《てんしんらんまん》に話しているのを見ると、緊張が解けていくのを感じる。

「ありがとう。だが、本当に大丈夫だ。もう寒くなくなった」

「？　そうですか。ですが念のため窓を閉めておきましょうか」

「それよりも、隣に座ってほしい」

「!?　はい？　と、隣に？　って、わあ」

答えを待たず、まるで自分の付き人のようにくるくると動くエイヴリルの手を引き隣に座らせると、ディランは表情を緩めた。

「窓もこのままでいい。領地近くの街に着けば、気持ちいい風が入ってくるんだ」

「……なるほど？」

列車はまだ出発したばかりで、目的地までは相当かかる。

どうしてそんなことを、と不思議そうにした後で、エイヴリルは無邪気に笑った。

「……ふふっ。とにかく楽しみです！」

それを見ると、ますます心が軽くなっていく。

（領地へと向かう列車に乗っているのに、こんなに気分がいいのは初めてだな）

エイヴリルには、本当の婚約者になる前に一通りの事情を話してある。

きちんと理解したうえで、領地に赴くにあたり神経質になっている自分に深く踏み込むことのない彼女の隣は居心地がよかった。


領地の本邸に到着すると、慣例通り使用人たちが勢揃いで出迎えてくれた。

しかし、空気がどことなく重い。

（当然だな。代替わりして初めての領地入りだ。子どもの頃はここで暮らしていたが、王都のタウンハウスと違い、ここには俺がどんな大人になったのか試すような人間も多いだろう）

状況を同じように把握したらしいクリスが飄々《ひょうひょう》とした様子で声をかけてくる。

「ディラン様」

「……わかっている。すぐに書斎へ。面会の予定も確認しろ。今日はなるべく多くの人間に会う」

「仰せのままに」

列車の中では心が軽くなったが、本邸に到着したのだから決して舐《な》められてはいけない。

——と気を引きしめたところで、エイヴリルが消えた。

到着してからずっと書斎で仕事をしていたディランは、お茶の時間にエイヴリルを呼ぼうとした。しかし、やってきたのはエイヴリルではなく真っ青な顔をしたグレイスである。

「申し訳ありません。エイヴリル様を……見失いまして」

「は？　見失った？　ここで？？？　……かくれんぼでもしていたのか？」

「いえその……普通にお庭を散歩していたところ、見失いまして」

「…………」

状況を正しく把握したディランには嫌な予感しかしない。

（領地内で最大の交易港を有するマートルの街は、賑わっている反面、治安に不安もある。この屋敷の敷地内にいれば問題ないだろうが、心配なのはそこじゃない。予想の斜め上をいく振る舞いをしてくるのがエイヴリルだ……）

ディランの不安を感じ取ったグレイスはおずおずと告げてくる。

「まずお伝えしておきたいのですが、この本邸に到着したエイヴリル様は随分と楽しそうでした。それだけは間違いありません」

「楽しそう、だと？」

思わぬ情報にディランが呆気にとられていると、グレイスは慌ててぶんぶんと首を振った。

「いえ、エイヴリル様はこの空気を十分にわかっておいでです。ですが、あの方にとっては慣れたもの、とでもいいましょうか……その、全く動じないご様子で。萎縮するようなこともなく、わくわくしながらお庭に散策に出られて……消えました」

「そういうことか」

新しい当主であるディランの手腕を値踏みする空気がある一方で、同じようにエイヴリルの価値を見定めようとする流れがあるのもわかっている。

しかも、エイヴリルは悪女として知られているという面倒なおまけつきだ。

そこへ加えて、前当主が愛人を集めて住まわせる『離れ』の問題、そして離れと母屋の使用人たちの間に感じる微妙な確執。

ディランとしても、本当はまだエイヴリルをここへは連れてきたくなかった。

しかし、エイヴリルは王都のタウンハウスに仕える忠誠心が高い使用人たちをあっという間に虜にしてしまった。

ひどい悪女という噂が行き渡っていたにもかかわらず、その善良さであっさりと誤解を解いてしまったのである。

ローレンスからの依頼を断ろうとしたものの、最終的に渋々同行させることにしたのは、エイヴリルならばあらゆることに問題なく対応できると思ったからだった。

（思えば、先日の仮面舞踏会でのお手柄を褒められて随分うれしそうにしていた。そのせいで張り切っているとしたら、まさか潜入捜査などをしていないだろうな……）

我ながらありえなすぎる考えが思い浮かび、いやいやまさか、と打ち消したところで母屋に仕える執事が現れた。

「旦那様。書斎の書類を拝見してもよろしいでしょうか」

「ああ。何の書類が欲しい？」

「その、今日別棟の方で雇い入れられたという新人メイドの経歴書を探しに」

「――クラリッサ・リミントン。没落した子爵家の娘か。ただの使用人としては珍しいタイプだな。どんなルートで雇い入れたんだ？」

経歴書を出さずに当人の名前を出せば、今日雇い入れたばかりの新人の名前を知っていると思わなかったらしい執事の空気がぴりりと引きしまったのがわかる。

聞いてもいないのに、詳しい情報を話してくる。

「末の娘の面倒を見てほしい、とリミントン子爵家が没落してすぐに声をかけられました。ですので、器量は悪くはないはずですが大旦那様はクラリッサの顔を知りません」

「なるほど。顔を知らないということは、愛人候補ではないということだな」

「……まぁ、一応は……」

歯切れの悪さは、必ずしもそうではないということなのだろう。

前公爵の相変わらずの振る舞いに苛立《いらだ》ちを感じたが、努めて平静を装いながら問いかける。

「それでどうして彼女の経歴書を？」

「それが、今日が初日だったにもかかわらず、離れのメイドたちがありえないほどにクラリッサを称賛していたらしく……。もしかして、ほかの屋敷で奉公の経験があったのでは、と経歴書を確認しにまいりました」

「…………」

没落した貴族令嬢がメイド仕事に慣れている。

加えて、使用人としての振る舞いがすっかり板についている自分の婚約者は今行方不明になっている。

どこかで聞いたような話に状況証拠が一致してしまったが、まだ認めたくない。

否定できる情報を探してディランはさらに問いかけた。

「彼女は、具体的にどんなふうに優秀なんだ？」

「はい。新人メイドにはありえないほどいろいろなことを知っているそうで。たとえば、大旦那様のピローケースを洗うために厨房から重曹を持ち出したと聞きました。洗濯物の臭いが消える原理としては、アカデミーで学ぶ域だと、誰かが言っていて……もしかして本当にアカデミーを出ているのだとしたら、洗濯メイドではなくもっとふさわしいポジションがある気がいたします」

「見つかりましたね、行方不明のエイヴリル様」

すかさずクリスがにっこりと微笑んだので、全く同じことを考えていたディランは頭を抱えた。

「ああ……。しかしよりによって別棟のメイドとして馴染むとは。一体何があったんだ？」

「おそらく、お庭をふらふら散歩していたら誰かに間違われて連れていかれたとかじゃないですか？　エイヴリル様ならありえますね。王都のタウンハウスでも、外部の人間にしょっちゅう使用人と間違われてますし」

「普通、間違うか？　曲がりなりにも次期公爵夫人だぞ？　何より、今日はメイド服ではなくきちんとしたドレスを着ていたはずで」

ほぼ真実なのだろうが、どうしても認めたくないディランが遠い目をすれば、グレイスが申し訳なさそうに頭を下げた。

「それが……エイヴリル様はこの旅にお気に入りのヴィンテージドレスを持ち込んでいらっしゃって……。行方不明になったときもそのドレスをお召しに」

「決まりですね」

この上なく楽しそうなクリスを前に、まさか、という感情が拭えない。

一方、話の向きが読めないらしい執事はぽかんとしている。

（エイヴリルが離れに潜入して人間関係を築けているのなら、この領地入りの目的を果たすのに好都合だな。この執事は『悪女エイヴリル』が『優秀な新人メイドのクラリッサ』だとは思ってもいないだろう。特に説明する必要もないな）

何よりも自分の妻となる人は、この領地での滞在を甚《いた》く楽しんでいるようだ。

それは普段の彼女の振る舞いからも明らかで、止めるのは忍びないし、本来の目的とはかけ離れていたとしても、わくわくしている顔をつい見たくなってしまう。

そう思ったディランは執事に釘を刺した。

「今見たことと聞いたことは他言するな。いいな？」

「は、はい」

執事は背筋を伸ばして返事をすると、書斎を出ていく。

（この際、エイヴリルからの情報を利用しよう。後で今日の報告を）

心に決めたところで、クリスがニコニコと笑っている。

「ディラン様。エイヴリル様に、今日お庭で起きた出来事を私が聞いてもいいですか？」

「だめだ」

「そうですか、残念です。王都にいらしたばかりの頃のエイヴリル様のお買い物に同行したことや、ディラン様からエイヴリル様が熱湯の入ったバケツを持ち歩いていたというお話を聞いたのがとても楽しかったもので」

グレイスも続ける。

「私も……初めて朝食をお出ししたときのことが忘れられません。でき損ないの朝食だったのに、最上級の言葉で褒められて気が遠くなりかけました」

「それなら俺も同じだ。彼女に契約結婚を申し入れて、目を輝かせてお礼を言われた日のことが忘れられない」

ディランの言葉に、クリスもグレイスもうんうんと頷く。

同じ光景がこの領地でも繰り広げられるのだろうか。

そう思えば、ディランが前公爵と対峙《たいじ》し、ランチェスター公爵家を正常なものに変えていくことはそう困難ではない気がした。


二日後。

すっかり領地での生活に慣れたディランは、エイヴリルを伴い書斎で仕事をしていた。

「エイヴリル。寝不足ではないか？」

「？　いいえ、ちっとも」

「……。それならいいが」

そんなディランとエイヴリルのやりとりを、クリスが何も言わず微笑みながら見守っているのが伝わってくる。

今はもうお昼を過ぎた午後なのだが、そのクリスからの視線は朝からずっとだった。

その理由はただ一つ。

昨夜遅くにエイヴリルの部屋を訪ねたディランは、話をしているうちにうっかり眠ってしまい、そのまま朝を迎えたからである。

当然責められるようなことは何もないし、そもそも結婚式だけがまだだが二人は婚約していて実質的に夫婦のようなものだ。

そんな状況で、ただ同じベッドで眠っただけだということを皆が知っているが、いつまでもそれをいじられては気まずい。

いい加減鬱陶しくなって睨みを利かせると、弟分は『はいはいわかっていますよ』とでも言うように書斎を出ていく。

ようやく静かになった。

やれやれ、と見送ると、エイヴリルが不思議そうに話しかけてくる。

「ディラン様、もしかして気分でも優れませんか？　そうだ、昨日、私がベッドを半分とってしまったからですね……!?　あんなに大きなベッドでしたので、二人で寝ても全く問題ないと思ったのが間違いでした。すぐに誰かを呼ぶべきでした。申し訳、」

「いやあれで正解だ」

「本当ですか？　ディラン様がお風邪を召したかもしれないのに？」

「逆だ。領地入りしてから、思ったほどストレスはなかったはずなんだが……それでも疲れてはいたんだろうな。びっくりするほど熟睡してしまった」

ディランの言葉に、エイヴリルは自分の心配が真逆だったことに気がついたようだ。

うれしそうに笑って聞いてくる。

「まぁ。昨夜はよくお休みになれたということですね。同じベッドを使った私があまり眠れなかったのではないかと心配するほどに」

「……そのようなものだ」

厳密に言うと、隣にいて安心したからだとは思う。

領地へ連れていき、一番に守りたい存在がきちんと隣にいてくれている。

残念なことにその存在はあちこちをせわしなく行き来し、さまざまな縁を呼び寄せるタイプなため、常に見守ることは難しい。

けれど、そんなところが彼女の魅力でもあり、ディランがたまらなく惹かれる部分なので仕方がないのだが。

とにかく、エイヴリルの側で心と身体が休まったことは紛れもない事実である。

そんなディランの気持ちは伝わったようだった。

「こうして直接お仕事をお手伝いする以外に、私がディラン様の助けになれてうれしいです」

「……！」

エイヴリルは鈍い。こんなふうにそのまま考えが伝わるのは少し珍しいことで、ディランは内心驚いていた。

いつもはなぜか妙な方向に捻じ曲がって伝わってしまうのだ。

――特に、こういう恋愛感情が絡むことに関しては。

（正式に婚約する前は何度気持ちを伝えてもわかってもらえなかったな。これからは、どうしたら伝わるのか思案せずに済むのか）

懐かしく、あたたかな気持ちで隣を見つめると。

「王都で人気の猫のぬいぐるみ、ディラン様のいい枕になってよかったです。もしよろしければまたお貸ししましょうか？」

「……」

まさかというか案の定というか、意図は全然伝わっていなかったようである。

やはりそうだったか、とがっかりした一方で、ディランも負けてはいなかった。

これまで、ただ何度も告白を聞き流されていたわけではないのだ。

「……それ、本気で言ってるのか？」

一人がけのソファに座っているエイヴリルを見下ろすようにして顔をずいと近づける。

前公爵の個人的な分厚い帳簿をめくっていた婚約者は、不思議そうにして目線を上げた。

戸惑ったようなまんまるの瞳と視線がぶつかる。

「も、もしかして違いましたか？　ディラン様もご存じの通り、私は鈍すぎるようでして。申し訳ありません」

「鈍くてもいい」

「はい」

「きちんと伝わるように、俺はわかってくれるまで話すから」

「は、はい」

ディランはエイヴリルに真《ま》っ直《す》ぐに向き合い、ソファの背もたれに両手をついていた。

一方のエイヴリルはぱちぱちと瞬きをしながら固まっている。

（顔に……『近すぎる』と書いてあるな……）

普通の恋人同士なら甘いシチュエーションなのかもしれないが、エイヴリルはそういうときの振る舞い方や知識を全部、悪女な義妹に生まれつき持っていかれてしまったらしい。

わかりやすく目を瞬いて頬を染めているのを見て、つい揶揄《からか》いたくなった。

さらに顔を近づけてみる。

「ディラン様……!?」

そのまま前髪に触れるだけのキスを落とすと、どさっ、と音がした。

見ると、分厚い帳簿がエイヴリルの手から滑り落ちたようである。

「も、申し訳ありま……」

「大丈夫だ」

苦笑しつつそれを拾ってやり、ディランはもう一度、今度は耳元に唇を近づけた。

そうしてエイヴリルの返事を待たずに低い声で囁く。

「今度、エイヴリルと一緒のベッドで眠ることがあったら、猫のぬいぐるみに抱き枕になってもらうのもいいかもしれないな」

「だ、だだだ抱き枕!?」

どさっ。

ただ、猫のぬいぐるみの話をしただけなのに、なぜかまた帳簿が落ちる音がしたのだった。

話した内容自体はちっとも色っぽいものではなかったが、エイヴリルはディランが言いたいこと――猫のぬいぐるみよりも、エイヴリルの方がずっと大事で自分を癒《いや》すのに効果的なこと、をきちんと理解したようだった。

平常心に戻るのに少しばかり時間がかかったようだが、その後は書斎での仕事もしっかりこなしていた。

(記憶力のよさを自分でわかっているだけあって、率先して情報の整理をしてくれる。しかし、徹底的と思えるまでに自分が手を出していい範囲はわきまえているのがもったいないな)

その記憶力は、麻薬取引の仲介人をするテレーザ・パンネッラを追い詰めるのに役立った。

書斎で前髪にキスをした翌日、別棟を訪れてテレーザの話を聞こうとしたディランだったが、言い逃れをしようとしたテレーザはエイヴリルのおかげで証拠を残したまま逃走したのだ。

(テレーザを逃してしまったことは残念だが、得られたものもあると思うしかない)

夜中、自室のテラスに出てため息をついていると、背後の扉が開く気配がした。

「……エイヴリル」

「クリスさんが持っていくといいですよ、って作ってくださいました」

エイヴリルは微笑むと二つ持っているカップのうちの一つを渡してくる。

漂ってくるミルクの甘さの中に、ほんの少しだけブランデーの香りも混ざっていた。

明らかに落ち込んでいる自分を気遣った飲み物を、癒しのもとであるエイヴリルが持ってくる。

それがあまりにもハマりすぎていて、悔しさすら感じた。

「……クリスは本当によくわかっているな……」

「ディラン様はこれが好きなのですね？　大人の味がするホットミルクです」

言葉に込められた意味を半分だけ理解し、ディランに並んでカップに口をつけたエイヴリルは、ブランデー入りのミルクを大変気に入ったらしい。

少しずつ飲むという選択肢はないようで、まるで水で喉を潤すようにしてごくごく飲んでいる。

飾らない少女のような姿に、ディランは領地入りするずっと前から隠してきた本音を溢した。

「この前相談した母上への手紙なんだが、結局王都を出る前に出せなかった。便箋をもらったのに申し訳ない」

「あれはディラン様に差し上げたものですので、お好きなように使っていただけるとうれしいです。ですが、お手紙はいつでもいいのではないかと思いますし、内容だってこだわることはありません。ディラン様はお母上のことを大切に思っていらっしゃるからこそ悩むんです。でも、物事はもっと単純ですわ」

「…………」

「書けたら、いつでも私に渡してくださいね」

思いがけない言葉に隣を見ると、エイヴリルはにっこりと笑ってみせる。

「私が封蠟《ふうろう》をしますから。あの、特別な印で」

それは、ディランがエイヴリルに託した、ランチェスター公爵家女主人だけが持つ封蠟印のことだった。

かつて、母親も手にしていたその封蠟が押された手紙を想像して、心があたたかくなった。

「今……この領地に到着してから初めて、しっかり代替わりしたのだと実感できた気がするな」

「そう思っているのはディラン様だけです。私、別棟でお仕事をしてみて思ったのです。ディラン様ってものすごく愛されて、当主として期待されているんだなって。もちろん、私も同じように思っています」

テレーザを逃したことで落ち込んでいる自分を励まそうとしてくれているのだろう。

そう思えば、健気さが愛おしくて指が自然とエイヴリルの顔に伸びた。

優しく頰を撫でれば、エイヴリルは目を閉じる。それを合図にして、ディランは距離を一歩詰めた。

薄暗い夜のテラスに、これまでにない緊張感が訪れる。

——そこで聞こえてきたのは。

「ディラン様、私、眠くなりました……」

「は？」

わざわざ眠いと言わなくてもわかるほどの、舌足らずな喋り方だった。

（そういえば普段エイヴリルはほとんどお酒を飲まないな）

それでいて、急激に緩んだ気持ちと合わさるとどうなってしまうかは、つい先日の自分が身をもって証明したところである。

慌てて二人分のカップをテラスのテーブルに置き、エイヴリルの身体を支えたディランは声をかける。

「待て。まだ寝ないでくれ」

寝ません、という返事はなかった。

さっきまで話していたのが嘘ではないかと思えるほど、気を失うようにして眠ってしまっている。

それをお姫様抱っこで自分のベッドに運び、人を呼んだ後、微妙な気持ちになる。

（思えば、エイヴリルが俺の前で無防備に眠るのは決して初めてじゃないな。いやむしろ、お決まりのパターンになっているのでは……？）

すぐに数人のメイドがやってきてエイヴリルを客間に運んでいった後、クリスがニコニコと笑いながら聞いてくる。

「一人になってしまいましたね。添い寝用に猫のぬいぐるみ、要りますか？」

「……要らん」

幸せそうに、すうすうと規則正しい寝息を立てる婚約者の寝顔を思い出しながら、ディランは呆れたように笑ってみせたのだった。

【書き下ろし番外編Ⅱ】

ローレンスとアレクサンドラ

アレクサンドラ・リンドバーグは才媛である。

二歳を前に大人と流暢《りゅうちょう》に会話をし、三歳の誕生日には子ども向けの詩をすらすらと暗唱し、四歳のときには家庭教師の手を借りず自分で国王陛下に手紙を書いた。

手紙の内容も『将来、自分の名前で事業を始めるのに国王陛下の名前を借りたい』というもので、周囲の大人たちをあらゆる意味で驚愕させた。

伯爵家ながら商家を営む大富豪でもあるリンドバーグ家に生まれたアレクサンドラにとって、いつか自分が事業を起こすのは当然のことであり、その後ろ盾として『王室御用達《ごようたし》』の文字を冠したいのは当たり前だったからなのだが、周囲の大人の慌てぶりを前に「今後、国王陛下宛てに勝手に手紙を出すのはやめておいた方がよさそうだ」と思ったのは覚えている。

次の手紙を書く宛ては、どこかの公爵家か侯爵家のおじさんにしなければ。

もしかしたら『○○家御用達』どころかスポンサーになってくれるかもしれない。

もちろん、アレクサンドラの家にお金は腐るほどある。しかし、権力者が身銭を切ってまで支援したいと思わせたという事実にこそ意味があるのだ。

無邪気な笑顔を取り繕いつつそんなことを考えていたら、ありえないほど着飾らされて王宮に連れていかれた。

国王陛下に非礼な手紙を出したことを詫びるためである。顔面蒼白なお父様、ごめんなさい。

五歳になる少し前のことだった。

謁見の間で出会ったのは、噂通りの見目麗しい国王親子だった。

けれど、アレクサンドラは大人だろうが子どもだろうがイケメンに興味はなかった。

イケメンや偉い人の話に頷くよりも、世の中のあらゆることを知りたかったし自分のためになる人間と過ごしたかった。

同世代に友人がいないことも気にならない。

話が合わない友人と過ごす時間など無駄でしかない。

ということで、手っ取り早く謝罪を終えて無駄な時間を終わらせたい。

そのためだけにアレクサンドラは本心を隠し、ついさっきしつこいほど教えられた作法に従い、しおらしく謝った。

すると、間もなく立太子するという噂のローレンスに「君、面白いね」とどこかの物語にある定型文のような言葉で褒められてしまった。

お決まりの社交辞令かと思えば、十歳になったばかりの王太子ローレンスはアレクサンドラのことをなぜか本当に気に入ったらしい。子どもらしさを演じたのを見抜かれた。しかもそれを面白いと思うなんて、この国の行く末が心配だ。

その場で乗馬を教えてあげようと誘われ、ローレンスの言葉に被せ気味に断ろうとしたら父親が慌ててアレクサンドラの口を押さえ、代わりに快諾した。解《げ》せない。

今日、無理に着せられた趣味ではないピンクと白のレースでフリフリのドレスを見ながら「これは国王陛下への謝罪の場ではなかったのか。まるで見合いではないか」と不満に思ったが、さすがに口にするのはやめておいた。これ以上喋ったら、すでに青くなっている父親がかわいそうで。

それ以来、ローレンスは頻繁にアレクサンドラにちょっかいを出すようになった。

アレクサンドラにとっては、王太子らしく紳士的な『気にかける』ではなくまさに『ちょっかい』に感じられたのだから、何とも煩わしいものだった。

しかし相手が王太子となると邪険に扱うわけにもいかないし、ローレンスの方もそれをわかってやっているのが見え見えで、どうも気に食わない。

その関係は、アレクサンドラが二十歳になり才媛としてアカデミーを卒業した今でも続いている。


「アカデミーの卒業おめでとう」

目の前で黒曜石のように深い艶を持つ黒髪を揺らし、食えない笑顔で告げてきた眉目秀麗な男に、アレクサンドラは上品に形だけの笑みを浮かべた。

「ありがとうございます、ローレンス殿下」

ここはリンドバーグ伯爵家のサロン。先触れ通りぴったりの時間にやってきたローレンスの手には赤いバラの花束が抱えられている。

そのバラの本数、ざっと目算しただけでも百本以上。さぞかしお高い花束なのだろう。

しかし、今ここで花束の価格は問題ではない。

どこで育てられたかが問題すぎた。

「いつもお伝えしておりますが、この花束は受け取れませんわ。私には婚約者がおりますの。婚約者以外の殿方から贈り物を受け取るわけにはまいりませんから」

「王太子であり君の師でもある私からの贈り物と言っても受け取れないのか？　それは不敬と言っていいんじゃないか？」

ローレンスが持ってきたバラは王城の敷地内で育てられたものらしい。

その場所にバラが植えられるようになったのは十年近く前のことだ。

奇《く》しくもその時期は『白やピンクのかわいらしい花やドレスよりも、黒や赤の大人っぽいバラやドレスの方が好きだ』と世間話で伝えてしまった直後のことのような気がするが、アレクサンドラは何も思い至らなかったことにし、今日に至る。

もちろん、それ以来余計なことは話さないように気をつけてはいるが、この食えない男の前では無駄な努力なのだろう。

応接セットのソファに深く腰掛けて足を組み、タンザナイトの瞳でこちらを見下ろすような視線を送ってくるローレンスは自信に満ち溢れている。

アレクサンドラが二十歳になったのだから、ローレンスの方も二十五歳の美しい青年になっていた。

彼は王太子としての地位を立派に務めているほか、どういうことなのか特別講師としてアカデミーに籍を置いている。

頭が切れ、多方面に信頼が厚いうえにルックスまで完璧。

王都ではローレンスへの賛辞を聞かない日がないほどに有名で令嬢たちからは憧れられる存在だ。

けれど、アレクサンドラにとってはそんな彼が会いに来ることこそが煩わしくてたまらない。

できるだけ会いたくなくて、事前に約束を取り付けられるのをのらりくらりと拒否していた結果、先触れだけでリンドバーグ伯爵家を訪ねてくるようになってしまった。

それも居留守を使って断ろうと思ったが、やめておいた。さすがに、話を聞くたびに青くなっていく父親がかわいそうで。

――『師』ですって？　まず、アカデミーであなたが私が専攻する分野の講師として現れるなんて聞いていなかったわよ。やってくれたわね？

そんな言葉が口から出そうになるのを何とか堪え、アレクサンドラは微笑んだ。

「特定の令嬢のために王家の敷地にバラ園を作るのは褒められたことではありませんわね。そこを潰して芋畑にしてはいかがかしら？　芋でしたらいくらでも国民のためにお役に立ちましてよ」

「あのバラ園に植えているのは赤いバラの花――アレクサンドラ・リンドバーグをイメージしたものばかりだ。しかし、君が芋の方が好きならば芋に変えよう。私がこうして届けるのがバラから芋になるだけだ。君の名を冠した品種を開発するのもいいかもしれないな」

「まあ。芋に令嬢の名前をつけるなんて、随分ひどいことをなさるのですね」

「もしそれがただの令嬢の名ではなく王太子妃の名だとしたら、美談になるのではないか？　万一の際に頼りにし、国民を救うのは妃《きさき》だという夫婦間の信頼を示しているようで」

「ふっ。ご冗談を」

笑ってかわしたはずなのに、ローレンスは余裕たっぷりに笑うと意味ありげな視線を送ってくる。

自立しているはずのアレクサンドラの心の中に干渉し、見透かしてくる図太さ。

知り合った頃こそ子どもだったが今は違う。しかし、いくつになっても上を行かれているようで腹がたつ。

こういうところが、アレクサンドラがローレンスを苦手な理由だった。


ローレンスと出会ってからの十五年、本当にいろいろなことがあった。

まず出会って五年目。アレクサンドラは十歳、ローレンスは十五歳だった。

何を気に入ったのかわからないが、王家から正式に婚約の申し入れがあった。

家格が釣り合っているとか、すでに女傑として噂になっていた『アレクサンドラの王妃への適性』を理由にしたものだったが、アレクサンドラはあっさりと断った。

あんな面倒そうな王太子と結婚するなんて絶対にごめんだったし、何よりも自分はもっと高め合える人間と場所を求めてアカデミーに行きたいのだ。

求婚へのアレクサンドラの返答を聞いた父親は、青くなりながらも何とか断りを入れてくれた。

しかしその後で「今回はアカデミーで学びたいという希望があるという理由をつけて断ったが、

次回はそういかないかもしれない」と溢していた。

進学を反対していると思っていた父親がアカデミーへの進学を口実にしたのは意外だったが、次に婚約を申し入れられたらもう断れないことはアレクサンドラにもわかった。

つまり、二度と結婚を申し込ませないようにしなくてはいけない。

——面倒な王太子とは距離を置く。

固く決意をした十歳の春だった。


翌年、出会って六年目。アレクサンドラは十一歳、ローレンスは十六歳である。

突如として、王城に謎のバラ園が作られ花がにょきにょき咲き始めたという噂が広まった。

ローレンスが直接届けに来た花束を見て、いろいろなことを察したアレクサンドラは詳細を聞くのをやめた。

ローレンスの方も「そういう反応をすると思った」となぜかうれしそうだったので、ますます無視を決めることにした。

けれど、彼を動かしているのがアレクサンドラに対する恋愛感情などではないのは何となくわかっていた。

十六歳の彼から見ると、どう考えても自分はまだ子どもに違いない。

恐らく、国王から伴侶としてふさわしい人間を口説き落としてこいと言われているのだろう。

ローレンスの立場は理解するが、それならば王妃の座におさまるのは自分でなくてもいいはずだ。

これ以上の面倒は嫌だったし、この男なら傷つけても別に問題ないと思える域まで来ていたアレクサンドラは、はっきりそう伝えた。

しかしやっぱりそれが裏目に出た。

ローレンスはさらに個人的な興味を持ってしまったようで「十一歳でそれを理解したんだ？　さすがアレクサンドラ・リンドバーグだね」と褒められた。

そうかこの男はこういう人間だった、と頭を抱えたもののどう考えても手遅れである。

ちなみに、家庭教師のハンナから「以前勤めていたお屋敷で非常に優秀な令嬢を教えたことがある」と聞いたのもこの頃のことだ。

アレクサンドラは令嬢の名前を知りたかったが、ハンナはどうしても教えてくれない。

その彼女には表に出せない特別な事情があるのだろう、と一応は察したが、どうしても知りたかったアレクサンドラはこっそりハンナが前に勤めていた家のことを調べた。

――アリンガム伯爵家。

偶然にも自分の家に多額の借金をし、しかも返済が滞り気味の没落寸前の家名に、アレクサンドラは首を傾げた。

ハンナが伝えてきた『ずば抜けて賢い令嬢』のイメージとはかけ離れている気がした。

出会って八年目、アレクサンドラ十三歳、ローレンス十八歳。

周囲の令嬢たちに縁談が舞い込むようになった。しかし、一向にアレクサンドラのところに縁談は来ない。

父親は『三年前、ローレンス殿下との縁談を断ったから皆二の足を踏んでいるのだろう』と言っていたが、何だかそれだけではない気がした。

二の足を踏むとかそういう次元ではなく、とにかく遠巻きにされている。

アレクサンドラに縁談を申し入れたら、ただでは済まない——まるでどこかから誰かがそんな睨みを利かせているように感じて、アレクサンドラはローレンスをさらにうっとうしく感じた。確証はなかったけれど。とにかく面倒臭い男だと思った。

一方で、ローレンスがアカデミーに入り、優秀な成績を収めているという話が漏れ聞こえてきた。

アレクサンドラはアカデミー自体にはとても興味があったが、自分からローレンスにあれこれ質問をするのが嫌で、面会が設けられても頑なにその話はしなかった。

しかし、つまらなそうなアレクサンドラを前にしてもローレンスはいつも楽しそうである。

そしてアレクサンドラとは対照的に、ローレンスの周囲には多数の縁談と令嬢が集まるようになった。

その中には聡明《そうめい》と評判の令嬢もいたが、王太子殿下が婚約したという話はいつになっても聞こえてこない。

アレクサンドラは決して顔には出さなかったけれど、なぜかやきもきした。

人には縁談が来ないように取り計らっているくせに、不公平ではないのか。矜持《きょうじ》が許す範囲でのどうにもならない怒りに関する解釈はこんな感じである。

しかし縁談はどうなったのか、と手っ取り早くローレンス本人に聞いてみようにも、プライドが許さない。

不思議なイライラとともに過ごした十三歳の終わり。

その聡明と評判の令嬢が、とある有力貴族の二男に嫁ぐことになったという話を聞いて、心のどこかでほっとしたのは何かの間違いだと思った。


出会って十年目、アレクサンドラ十五歳、ローレンス二十歳。

アレクサンドラの社交界デビューの年である。

兄にエスコートを依頼し、王城での華やかなデビュタントの日を迎えたはずが、エスコートのために現れたのはどういうことなのかローレンスだった。

信じられない。なぜこの男と。今すぐ自室に引き返したい。お兄様死にたいのかしら？

兄には視線で抗議したが、サッと目を逸《そ》らされた。

しぶしぶローレンスのエスコートで舞踏会に参加したものの、周囲からはキラキラとした好奇の目で見られた。

「――デビュタントでは家族がエスコートしなければ婚約者がその役を担うが、私たちもそう見えているだろうか」

踊りながら耳元で囁かれて、アレクサンドラはうっかりローレンスの足を踏んでしまった。

もちろんうっかりと見せかけたわざとだったのだが、ローレンスは転んだり動きを止めたりすることなく、何事もなかったかのようにスマートに笑顔でやり過ごしてくれた。

そのことに気がついた瞬間、なぜか胸に詰まったような感覚を覚えて、アレクサンドラはローレンスと視線を合わせるのをやめた。

うっとうしさしか感じなかったはずのローレンスの王太子としての顔を知り、途端に自分が子どもっぽく思えたせいかもしれない。

そしてどうしようもなく恥ずかしくなったことが強烈に記憶に残っている。

――この日以来、ますます縁談が来なくなった。


出会って十二年目、アレクサンドラ十七歳、ローレンス二十二歳。

ついに、アレクサンドラが婚約を交わす日が来た。喜ばしいことに相手は王太子ローレンスではない。とある侯爵家の二男だ。

顔合わせの日、ローレンスと同じ年齢のはずの彼はローレンスよりもずっと幼く、有り体にいえばお馬鹿さんに見えた。

見た目だけはよかったが、二十二歳になっても婚約者がいない理由が透けて見えるような男だ。

でもアレクサンドラはそれでよかった。これはあの王太子避けのための婚約なのだから。

自分には一人で生きていくだけの教養と賢さがある。この侯爵家の二男は形だけの夫として存在してくれさえすればいい。

誰かに心を奪われて、人生のあり方を乱されることなんてありえないのだ。

これで、ローレンスが自分に会いに来ることはなくなる。いくら王太子といえど、婚約者がいる令嬢に手出しをすることなど許されないのだから。

そう思ったのも束の間、アレクサンドラは念願叶って進学したアカデミーでローレンスと再会してしまったのだった。

なぜこんなところにいるのか。

王太子としての公務はどうしたのか。そんなに学問が好きだったなんて聞いていない。まぁ話したところで聞く気もないけれど。

思わず問い詰めれば、ローレンスはいつもの自信に満ち溢れすぎた笑みを見せた。

「アカデミーへ行きたいから婚約はできないと求婚を断られた日のことが昨日のことのようだな。偶然にも、私の担当はアレクサンドラが専攻する分野のようだ。この分野は幼い頃から学んでいて造詣が深いんだ」

裏の事情しか感じさせない爽やかさとは程遠い笑顔ではぐらかされつつ、かつての求婚への断り文句を持ち出されて、逃げ出そうと思った。

信じられない。この男はやばい。どこまでも追いかけてくる。

しかも、王太子としての権力を利用してアカデミーの講師になったわけではなく、本当にアレクサンドラの専攻分野の権威だったことがありえない。

そのうえなぜか教えるのまでうまくて本当の意味で学生から人気があり、腹立たしかった。

そういうことで、ローレンスへの少しの罪悪感と感傷が一気に吹き飛んだアレクサンドラはアカデミーを好成績で卒業した。講師の指導など、なるべく受けたくないからだ。

そして、今日に至る。


これまでのことを回想し終えたアレクサンドラに、ついさっきまで芋を使った口説き文句を述べていたローレンスは高圧的に告げてきた。

「君が仮面舞踏会に出入りしているという話を聞いた。いただけないな」

いきなり芋の話題から遠いところに来てしまったようだ。

婚約者でもないのに放っておいてほしい。そんな言葉が喉元まで出かけたが、口にしては会話がよくない方向に向かう気がする。

そう思ったアレクサンドラはにこりと笑った。

「あら。そんなお話、どこでお聞きになったのでしょうか？」

「この前、ある館で開かれたパーティーに人をやった。そこに君がいたという報告を受けた」

「残念ですが人違いですわ。そのような遊びに興味はありませんから」

「君が遊んでいるかどうかは別として、私が君を見間違うはずがないだろう」

「……つまり、ローレンス殿下が仮面舞踏会に行かれたということですか？」

思わず反応を返せば、ローレンスは楽しげにニヤリと笑う。

「社会勉強のために何度か行ったことはある。この前は久しぶりに行って、君が着飾った姿を見られた。今度はぜひエスコートしてみたいな。溢れ出る知性は極上の華だ」

「……」

この男、本当に面倒臭い。

実のところ、アレクサンドラはローレンスの言葉通り仮面舞踏会に出入りしている。

しかし別に遊び相手を探しているわけではないし、当然遊んだこともない。

ただ、アレクサンドラがこれから始めようとしている事業について情報を集めるのに格好の場所だから、たまに顔を出しているだけだ。

ほかに同じような場があればわざわざ仮面舞踏会を選ぶ必要はないのだが、あいにくこれ以上に効率的なイベントは今のところない。

『堅物』と呼ばれているアレクサンドラが出入りするとは誰も思っていないのも手伝って、身バレする危険性もほとんどないため、単なる情報収集の場として位置づけている。

けれど、ローレンスが以前から仮面舞踏会に『社会勉強』のために出入りしていたことを知ると、自分の反応が不自然に冷たくなったのがわかる。

「あなたの周りにはいくらでもご一緒する方がいらっしゃるでしょう。わざわざ私を選ぶ必要はありませんわ」

「君は本当にいつも通りつれないな」

「私には婚約者がいますから」

つんと澄まして答えれば、ローレンスは珍しく言葉を濁した。

「その、君の婚約者についてだが」

「はい」

「仮面舞踏会で遊んでいるという噂がある」

「……殿方の遊びは嗜《たしな》みですわ。女性と遊んでいるのではなく、ただ情報を集めているのにすぎません。私も同じことをしていますから、咎《とが》めませんわ」

「――それが違うようだ。毎回違う女性を連れ帰り一晩を過ごした後、翌日の昼過ぎに家まで送り届けていると」

「…………」

かちゃり。生まれてこの方、マナーを叱られたことがないアレクサンドラの手元でカップとソーサーがぶつかった音がする。

アレクサンドラの婚約者は本当に見た目だけがよく、独り身の理由が透けて見えるような男だ。だから、醜聞が起こりうることをとっくに予想はしていた。

しかし実際に耳にしてみると、想像よりもショックが大きい。心の奥底まで冷えていくような感覚に、アレクサンドラはゆっくりと呼吸を整えながら瞬きをした。

「……そうですか。でしたら、我がリンドバーグ伯爵家を踏みにじった相手に然るべき対処をいたしますわ。殿下のお力添えは不要です」

頬が引き攣るのを感じながら笑みを返せば、ローレンスはさらに続けた。

「今、婚約者が王都にいないのは知っているか？」

「ええ。お父上の仕事に同行するとかで、数週間王都を離れていると」

「それが、調べたところ彼の父親は王都にいるんだ」

「えっ？」

　つまり、婚約者はアレクサンドラにわざわざ嘘の予定を伝えてまで王都を離れたということになる。この話題と合わせて考えると、そういうことなのだろう。瞬時に理解したのと同じタイミングでローレンスはメモを差し出してくる。

「三日後に、アリンガム伯爵領内の田舎町で仮面舞踏会が開かれるらしい」

「アリンガム伯爵領……」

　かつて家庭教師から聞いた『非常に優秀な令嬢』がいるという家の名前が思わず引っかかった。けれど、今はそれどころではないだろう。

「どうかしたか？」

「いえ、何でもありませんわ。彼はここに行くのですね」

「そう踏んでいる。王都から離れて羽目を外す人間が多く、田舎町の仮面舞踏会は品のないものになることが多い。ここに行けば現行犯で押さえられる可能性が高い」

　そんなことをなぜ知っているのか、という突っ込みを堪えてアレクサンドラは立ち上がる。

　今はこの男の素行を気にしている場合ではない。すぐに出発すれば仮面舞踏会の夜に間に合うだろう。

しかしローレンスに手で制止された。

「私が行く。婚約者の情事にでくわすかもしれないんだ。君はここで待っていろ」

「……」

この男のこういうところが嫌なのだ。

思わず唇を噛んで視線を落とせば、自分の腕を掴む、骨ばってごつごつした手に視線が行く。

こうして触れられたのは、あのデビュタントのダンス以来ではないだろうか。

どうでもいいことを考えたら、ついさっき感じたはずの心の奥底まで冷えていくような感覚はあっという間に熱に変わった。

ほんの少しだけ弱っていた心に、また血が通い始める。

「――私を誰だと思っていらっしゃるのかしら？　こんなことで逃げ帰る女ではありませんことよ」

「ああそうだろうな。だから私も一緒に行く。すぐに支度を」

「!?　私は一人で！」

「こんなときにアレクサンドラを一人にする気はない」

一体どういうことだ。この男は、アレクサンドラが自分でケリをつけると言っていたのを聞いていなかったのだろうか。

聞き返す間もなく、アレクサンドラは急いで支度を整え王都を出発することになった。

王都を離れ鉄道に乗っても、自分の名前を呼んだ、癇《かん》に障る男の低い声が耳に残って離れなかった。

ローレンスが言った通り、田舎町の仮面舞踏会はひどいものだった。

アレクサンドラをどうしても紛れ込ませたくなかったらしいローレンスは、数人の付き人を代わりに出席させて馬車で待つことを選んだ。

時折入る報告から察するに、知性のある会話もギリギリの商談もなく、ただ男女が遊び相手を探すためだけの会らしい。

「王都の仮面舞踏会とは違うだろう？」

「そのようですわね。私の婚約者は想像以上のお馬鹿さんだったようですわ」

「これでわかっただろう。約束してほしい。仮面舞踏会へはもう出入りしないと」

「約束はできませんわ。情報が必要なら伺うこともありましてよ」

「だったらそのときは私がエスコートする」

「こんなときに冗談はおやめください」

そんな会話をしながら館を眺めていると、大広間と思われる場所の灯りが消えた。いつの間にか夜半を過ぎている。仮面舞踏会はお開きになったらしい。

そのうちに代理で潜入していた付き人が戻ってきた。

目を泳がせ、しどろもどろになりながら教えてくれる。

「婚約者殿はピンク色の髪の女性と一緒に館内の客間へと向かわれました。二人とも泥酔している様子で……その」

「大丈夫よ。続けて」

「その、衣服が少し乱れた様子で……尋常ではなく仲がよさそうに密着され、お部屋の中に消えました」

「……ふふっ、そう。ありがとう」

この場面で気遣ってくれるローレンスの付き人に思わず笑ってしまうだけの余裕はできた。

報告を聞いていたローレンスが、低く鋭く、怒りを感じさせる声色で告げてくる。

「部屋を訪ねるときには私も一緒に行こう」

「いいえ。私はリンドバーグ伯爵家の名前を出すつもりでいますわ。そのときに、王太子でいらっしゃるローレンス殿下が一緒にいては有利に立ち回れない可能性があります。私はあのお馬鹿さんと婚約中ですから。自分が不利になる可能性を万に一つも残したくありませんの」

「そうか」

きっぱりと言い放てば、ローレンスは心の底から面白そうに笑った。

いつも通りの、余裕を感じさせる表情と独特の間。

それから、アレクサンドラの方をまっすぐに見つめて告げてくる。

「私は気が長い方ではない。今日、この場が収まったら話したいことがある」

「……承知いたしました。では、そのときに改めてお伺いしましょう」

何の話なのかはわかっていた。

――『次に求婚されたら断れない』。

十歳の自分でさえわかっていたはずなのに、アレクサンドラは熱っぽく見つめてくるローレンスの瞳から目が逸らせなかった。


明け方、空が白み始めた頃。

アレクサンドラはローレンスの付き人を伴い、その部屋へと突入した。

そこで待っていたのは、あられもない姿で眠る婚約者と、ピンク色の髪をした愛らしい印象の女性だった。

眠っていたところを起こされた婚約者は驚いてベッドから転がり落ち、そのうえ腰を抜かしたようだった。

「ア、アレクサンドラ……!? ど、どうしてここに!?」

「あなたが田舎町の仮面舞踏会で遊んでいらっしゃるという話を聞きつけたからですわ。あまりにもお話通りでびっくりしてしまいました。さぁ、どうして差し上げましょうか?」

「ひぃ!」

サイドテーブルにあったリンゴを握り潰せば、これまでアレクサンドラがお淑やかな才媛だと信じて疑わなかったらしい婚約者はいよいよ震え出した。

けれど、こんな状況でもあまり動じていない人間が一人。

それは遊び相手のピンク色の髪をした女だった。

まだ明け方のため、灯りをつけてもまだ部屋の中は薄暗い。

顔はよく見えないが、仮面をつけたまま眠っていた彼女は気だるげにぼやいている。

「やだ。こんなところに入ってくるなんてどうかしてるわ？　これは遊びなのよ？　あーあ、こんなふうに乗り込んでくる婚約者がいる男なんて、つまんないわ」

「あなた。名前は？」

名乗るはずがないと思いつつ一応問い掛ければ、女は拍子抜けするほどあっさり自分の名前を教えてくれた。

「私はエイヴリル・アリンガムですわ。アリンガム伯爵家の長女で、こんなふうに遊ぶことがだーい好きなんですの」

「……!?」

それは、アレクサンドラがずっと気にしていた『ずば抜けて賢い令嬢』の家名だった。しかも、歳の頃を考えると、この半裸の女が本人に間違いないだろう。

しかし、アリンガム伯爵家の令嬢は『エイヴリル』などではなく、もっと別の名前だったような気がする。

試してみたくなったアレクサンドラは、思わず問いかけた。

「もしかして、アリンガム伯爵家のご令嬢かしら。あなた、詩の暗唱はできて？」

「詩？　あの、お堅い令嬢が集まって話題にするアレ？　だっさ」

その答えに、アレクサンドラは目を瞬《しばたた》く。自分がずっと目標にしてきた令嬢がこんな受け答えをするはずがないのだ。

つまりこの女はアリンガム伯爵家の『ずば抜けて賢い令嬢』ではない方なのだろう。

きっと、その本人には事情があって社交界に出てこられないのだ。

ハンナがどうしても名前を教えてくれなかったことも後押しになって、アレクサンドラは理解した。

あとはこの女を地獄に落とすだけだ。

「私はアレクサンドラ・リンドバーグですわ」

「ん？　待って？　アレクサンドラ・リンドバーグって、あの堅物令嬢？」

「お馬鹿さんの中には、そうお呼びになる方もいらっしゃるわね」

「お馬鹿さん、って私!?　失礼ね！　お父様に言いつけてやるんだから！」

「お好きなようにどうぞ。こちらもあなたが服を着たら、あなたのお父上にこれからのお話をさせてもらうつもりですわ」

このピンク髪の彼女は自分の家の財政状況を全く理解していないのだろう。

アリンガム伯爵家がどの程度傾いていて、どこからいくら借り入れていて、誰に逆らったらまずいのか。それすらわかっていない。

あまりにも浅はかで笑うしかない。

一方、視界の隅にはガタガタと震えている婚約者がいる。そういえば、婚約をした際にこの婚約者の家に多額の融資をしたのだったと思い出す。

やはり、それぐらいわかっている相手でないとやり込《こ》め甲斐《がい》がない。

アレクサンドラはリンゴをもう一つ手に取ると、くすりと笑ったのだった。


その後、アレクサンドラはアリンガム伯爵夫妻を呼びつけて借金の返済を迫った。

『エイヴリル・アリンガム』と名乗った女はキーキー騒いでいたが知ったことではない。

少し時間をおいて自分の家の実情を理解すれば大人しくなるだろうし、それをわからせるのは自分の仕事ではなかった。

すべてを終えて馬車に戻ると、ローレンスが書類に目を通しながら待っていた。

出先でも執務をこなさないといけないほど忙しいのに、わざわざこんな田舎町まで付き合ってくれたのだと思うと申し訳なさで目が泳ぐ。

けれど、長い年月をかけてできあがった関係とは恐ろしいものだ。感謝の言葉を伝えたいのに、憎まれ口しか出てこない。

「私のことを待ちながら仕事をするぐらいなら、一緒に来なければいいのに。というか、王太子殿下ともなると馬車の中ではお休みになれないのかしら」

「この状況で眠れると思うか？」

ぱさりと書類が置かれた音がする。

「確かに同行者が仮面舞踏会に殴り込んだのを見届けた後では眠れませんわね。ご心配をおかけして申し訳ありませんでした。すべてつつがなく終わりました。婚約に関する書類もすべて破棄してまいりましたので」

そう告げて真正面の席に座ると、ローレンスは片方の口角だけを上げニヤリと笑った。

「賢い君が意味を取り違えるとはな」

「え？」

「アレクサンドラ・リンドバーグ。私、ローレンス・ギーソンは君に正式に結婚を申し込む」

そういえばそうだった。こういう話をするんだった、と思い出したときにはもう遅かった。

いつの間にか握られていた手に、わずかにぴりりと熱が走る。

でも、いきなり手を取られたのに不思議と嫌な気持ちはしない。むしろ、有無を言わさず告げられた言葉の押しの強さがしっくりくるくらいだ。

もうここまで来たら逃げられない。

この男から逃げるためにした婚約も破棄になってしまったし、きっとこれからも良縁は望めないだろう。

一人で生きていくことはできるが、この面倒臭い男の隣にいるのも悪くないかもしれない。

というか、逃げてもこうやって追ってくるのだから、近くにいてうまくコントロールする方が得策なのかもしれない。

何より、彼は才媛と呼ばれる自分を子ども扱いする王太子殿下だ。

腹黒いし、手段は選ばないし、最終的には国家権力まで使える。どんなに逆らったって勝ち目はないのだ。

しかし、いろいろ理由を並べ立ててみたものの、これらがすべて口実なのもわかっていた。

やっと覚悟を決めたアレクサンドラは口を開く。

「私でよければ、求婚をお受けしますわ」

「ああ」

それだけか。

ローレンスの表情に動揺は全く見えなくて、アレクサンドラは呆れた。

案の定、この男は求婚を断られるとは微塵《みじん》も思っていなかったらしい。それがまた腹立たしいが、アレクサンドラの知るローレンスらしくもあった。

子どもの頃から何とか逃れようとしてきたはずなのに、完敗だ。

そんなことを思い、目を閉じて息を吐けば、唇に柔らかいものが触れる。

顔をわずかに上げると、ローレンスのタンザナイトの瞳が視界いっぱいに広がった。

口づけられたのだ、と理解するまでに呼吸ひとつ分。一瞬、抗議しようか迷ったところで、もう一度唇を塞がれた。

以前、お馬鹿さんな婚約者にこうして口づけられたときにはうっかり反射的に引《ひ》っ叩《ぱた》いてしまったのだが、今日はそんな気にはならなかった。

すっかり朝日が昇っているはずなのに、馬車の外は静かだ。

いつの間に窓のカーテンが閉じられたのだろう。そんなことを思う間に耳元で囁かれる。

「――やっと、ずっと欲しかった女が手に入った」

この食えない男の、初めて聞く愛おしげな声色に不覚にもどきりとしてしまった。

ある晴れた日の昼下がり、リンドバーグ伯爵家のサロン。

お茶に招かれ、成り行きでアレクサンドラとローレンスの馴れ初めを聞くことになったエイヴリルは、目をぱちぱちさせて赤くなった頬を両手で包み込んでいる。

「お、お二人の馴れ初めはとても刺激的ですね……！」

「そうかしら？　あなたの悪女な妹のせいで腐れ縁の相手と結婚することになったというだけの話ですわ？　あの事件がきっかけで悪女エイヴリルの名が広く知れ渡りましてよ。話題に事欠かない社交界でもなかなかの醜聞でしたわね。褒めて差し上げますわ」

「言われてみればその通りでしたね……その節は大変なご迷惑をおかけして申し訳ございませんでした」

礼儀正しく頭を下げてくるエイヴリルを見て、アレクサンドラはくすくすと笑いながら家庭教師のハンナのことを思い出した。

この姿勢のよさも言葉遣いも、初めて会った日に暗唱した詩の一節も。

きっと、あらゆることを同じ先生から教わってきたのだろう。

夜遊びでしくじった妹の替え玉として差し出されたエイヴリルの人生を思うと、そのわずかな時期にでもハンナがいてくれてよかったと心から思う。

ハンナが授けた教育は、間違いなくエイヴリルがディランに出会い見初められることの手助けになってくれたはずだからだ。

「今度、ハンナもここに呼びますわ。きっとエイヴリル様に会いたいはずですから」

「ハンナ先生、私もお会いしたいです……！」

「ええ」

かつて目標にした『ずば抜けて賢い令嬢』を前に、アレクサンドラは微笑んだのだった。

あとがき

こんにちは、一分咲《いちぶさき》です。またお会いできて感激しています。

一巻をお手に取ってくださった皆さまのおかげで、こうして二巻をお届けできることになりました。本当にうれしい……ありがとうございます！

エイヴリルがディランからの溺愛に気がついて一件落着……と思いきや、エイヴリルの有能さ（？）のせいでまた新たな事件に巻き込まれる二巻です。

二巻の舞台はエイヴリル念願（？）の仮面舞踏会とランチェスター公爵領！

いろいろな勘違いが重なってまた悪女を演じたり、次期公爵夫人とは思えない庶民派なスキルで味方を増やしたり、エイヴリルの世界がさらに広がっていきます。

ディランから愛されていることに一応は気がついたけれど、エイヴリルさん細かいところをいまいちわかってないですね？　って思いながら楽しく書かせていただきました。

領地には嫌な思い出しかないディランでしたが、いつでもどこでも一生懸命なエイヴリルのおかげで少しでも心が軽くなっていることを願うばかりです。

また、今回は巻末の書き下ろしショートストーリーとして、エイヴリルとディランのお話のほかにローレンスとアレクサンドラのエピソードを収録していただいています。

元々、この二人はアクが強いカップルという設定ではあったのですが、何となくふわふわしていたところに藤村《ふじむら》ゆかこ先生のキャラデザが届いて、一気にだーっと色づきました。二人とも色っぽくかっこよすぎたためです……！（二人とも一巻のキャラクター紹介にカラーでいるのでぜひ見てください！）

エイヴリルとディランのお子さまカップル（ディランは合わせているだけですが）とは真逆の二人なので、登場するたびに大人な雰囲気を感じていただけたらいいなと思います。

ところで、轟斗《ごうと》ソラ先生のコミカライズお読みいただけましたか？

エイヴリルがとにかく愛《いと》しくかわいく、賢くいい子すぎて守りたい素敵コミカライズです……！

ディランをはじめほかのキャラクターも美麗かつものすごく魅力的に描いてくださっていて、私も一読者として毎月の更新をとても楽しみにしています。

コミックス一巻が同日発売になっていますので、ぜひどちらも応援していただけますように！

最後になりましたが謝辞を。読者の皆さま、いつも素敵なイラストで彩ってくださる藤村ゆかこ先生、いつも優しく相談にのってくださる担当さま、出版社の皆さま、印刷所の皆さま、書店さま、ほか本作を支えてくださるすべての皆さまに感謝を申し上げます。

エイヴリルの暴走の結果、本作は二巻で終わらずに三巻へと続きます（ありがとうございます！）。

書きながら、まだまだエピソードある……これ二巻で終わらないんだけどどうしよう……って思っていたところで続刊ＯＫのお知らせをいただき、手を合わせました。

こうして物語の続きを書くことができるのは、いつも応援してくださる読者の皆さまのおかげで、本当に感謝しかありません。

三巻、そこまで間を開けずにお届けできると思いますので、どうか忘れないでいただけるとうれしいです。

またお会いできることを、本当に本当に心から願って。

一分咲

電撃の新文芸

無《む》能《のう》才《さい》女《じょ》は悪《あく》女《じょ》になりたい2

～義《ぎ》妹《まい》の身《み》代《が》わりで嫁《とつ》いだ令嬢《れいじょう》、公爵様《こうしゃくさま》の溺愛《できあい》に気《き》づかない～

著者／一分咲《いちぶさき》
イラスト／藤村《ふじむら》ゆかこ

2023年10月17日　初版発行

発行者／山下直久
発行／株式会社ＫＡＤＯＫＡＷＡ
〒102-8177　東京都千代田区富士見2-13-3
0570-002-301（ナビダイヤル）
印刷／図書印刷株式会社
製本／図書印刷株式会社

【初出】……………………………………………………………………………………
本書は、「小説家になろう」に掲載された『無能才女は悪女になりたい ～義妹の身代わりで嫁いだ令嬢、公爵様の溺愛に気づ
ない～』を加筆、訂正したものです。
※「小説家になろう」は株式会社ヒナプロジェクトの登録商標です。

ISBN978-4-04-915289-0　C0093　Printed in Japan

ファンレターあて先

〒102-8177
東京都千代田区富士見2-13-3
電撃の新文芸編集部

「一分咲先生」係
「藤村ゆかこ先生」係

圧倒的な支持を誇る
異世界恋愛の金字塔が
コミックでも楽しめる!
無能才女は
悪女になりたい
A smart and cute falcon cannot hide its claws enough.
～義妹の身代わりで嫁いだ令嬢、公爵様の溺愛に気づかない～
轟斗ソラ　原作／一分咲
キャラクター原案／藤村ゆかこ

おっとり〝悪女〟の
契約結婚の行方は――？
フロース
コミックにて
大好評
連載中！
https://comic-walker.com/flos/

――“悪女”として嫁ぐことになりました

そこに現れたのは、
噂とは正反対の
美しい青年公爵で――!?
到着《とうちゃく》を待《ま》っていた
エイヴリル・アリンガム嬢《じょう》
コミックス
第1巻
発売中!!
無能才女は
悪女になりたい
轟斗ソラ
原作／一分咲
キャラクター原案／藤村ゆかこ

転生令嬢、日本食で異世界人の胃袋を摑んじゃいます！

敵国の俺様王子とクールで寡黙な兄からプロポーズされました

著／七福さゆり

イラスト／切符

「大好きな日本の家庭料理をこの世界でも楽しみたいっ！」

次期国王の婚約者だった公爵令嬢エミリア。暴漢に襲われ三年間の眠りから目覚めると、妹が自分の婚約者と結婚していた。眠っている間に前世の記憶――料理に関する知識を取り戻し、日々を充実させていく。そんなエミリアの元に前世から縁のある敵国の王子と血の繋がり兄から告白され――！？　自由を手にした令嬢が日本食で人々を幸せにする、異世界転生ファンタジー！

電撃の新文芸

破滅の魔術師は、人形姫に終焉の恋を捧ぐ

生贄の姫と孤独な魔術師が
織りなす、
悲しき【運命のやり直し】の物語

著／染井由乃
イラスト／睦月ムンク

王国を守る生贄の「人形姫」として育てられた王女コーデリアは、幼い頃失明して以来、専属朗読師の青年レイヴェルを心の支えに生きてきた。しかしある日、レイヴェルの魔術によって国が滅ぼされてしまったと知る。絶望するコーデリアに“女神”が救いの手を差し伸べた。視力を与えられ、一年前に戻った彼女は、レイヴェルが起こす災厄を必ず防ぐと決意する。たとえ彼を殺してでも。悲劇の運命を書き換えるために——！

電撃の新文芸

魔女と少女の愛した世界

捨てられた幼子×怠惰な魔女の
不器用で愛しい共同生活。

著／浅白深也
イラスト／海島千本

　町外れの森に住む魔女エリシア。ある日、彼女が家に帰ると、薄汚れた服を身につけた人間の幼子が食料棚を漁っていた。手には、朝食用にとっておいたミルクパン。

　腹はたつが、殺すのもめんどくさい。だが、高値で少女を売ろうにも、教養を身につけさせねばならない。そのため仕方なく少女と暮らしはじめたエリシアだったが――。

　これは、嫌われ者の魔女と孤独な少女の愛と絆の物語。

電撃の新文芸